Robin Fuchs, das sind Christian Handel, Jana Ronte, Nica Stevens und Andreas Suchanek. Gemeinsam schreiben die vier Autor:innen für Audible die Original-Reihe „Pech & Schwäfel".

PECH &
Schwäfel

Der Tote im Sand

ROBIN FUCHS

Pech & Schwäfel – Der Tote im Sand

ISBN 978-3-98778-297-8
E-Book-ISBN 978-3-98778-085-1

Prolog

Heute Abend würde Josef sich selbst auf die Lauer legen und es nicht länger dem unfähigen Jäger überlassen. Roland musste seinen Jagdschein im Lotto gewonnen haben. Zumindest glich seine Treffsicherheit der eines Blinden. Im Schießen war er zweifellos eine Niete.

Josef Palmer ging in die Hocke und betrachtete seinen Ackerboden, den die Wildschweine an dieser Stelle in eine Kraterlandschaft verwandelt hatten. Auf der feinen Schneeschicht führte eine Blutspur in den angrenzenden Wald. Der Idiot hatte nicht richtig gezielt. Die arme Sau hatte sich wahrscheinlich noch verletzt weggeschleppt.

Er rieb sich die schmerzenden Knie und stand auf. Die Kälte drang in seine alten Knochen, doch er fühlte sich hier draußen noch immer am wohlsten. Es war die Arbeit auf dem Feld und Hof, die ihn abhärtete. Andere bezogen in seinem Alter längst Rente. Für ihn gab es zu wenig, um es ausgeben und noch etwas erleben zu können. Und nur untätig herumzusitzen war ihm zu langweilig. Außerdem konnte er Hilde so aus dem Weg gehen. Ihre Ehe bestand mittlerweile über fünfzig Jahre und war kinderlos geblieben. Solange sie sich nur zu den Mahlzeiten sahen, kamen sie gut miteinander aus.

Das Fernglas hing an einem Riemen um seinen Hals. Er hob es vor die Augen und suchte das Winterweizenfeld nach weiteren Schäden ab. Wenn Roland die Wildschweine nicht in den Griff bekam, würde das Josefs Ernte erheblich beeinträchtigen.

Er fischte sein Telefon aus der Innentasche der dicken Daunenjacke und wählte Rolands Nummer. Allerdings meldete sich nach mehrmaligem Klingeln nur dessen Mailbox.

»Josef hier. Sieh zu, dass du den Wildtieren genügend Eicheln fütterst und sie sich nicht mehr auf meinem Feld bedienen. Und wenn du in Zukunft nicht besser triffst, zeige ich dich an. Das ist diesen Monat schon das zweite Mal, dass das Tier nur angeschossen wird und weiterläuft. Außerdem ...«

Es piepte, bevor er aussprechen konnte. Josef knurrte, steckte das Telefon zurück in die Jackentasche und stapfte über den Acker zum Feldweg. Anhand der Reifenspuren war ihm klar, dass wieder einige Niederteerbacher sein Privatgelände unbefugt als Abkürzung genutzt hatten. Der Bauabschnitt der Bundesstraße sollte eigentlich bis Oktober fertiggestellt werden, aber es gab wohl einen Planungsfehler. Wahrscheinlich würde es ein ebenso langer Umbau werden wie der der Kölner U-Bahn. Waren denn da nur Idioten in der Verantwortung? Wegen der kalten Temperaturen tat sich auf der Baustelle derzeit gar nichts mehr. Die Fahrrinnen auf seinem Feldweg hingegen wurden immer tiefer.

So ging das nicht weiter. Und wenn er höchstpersönlich ins Rathaus spazierte. Bürgermeisterin Sabine Graefe musste ihm zumindest eine Entschädigung für seine Unannehmlichkeiten zahlen. Sein Privatweg war keine Zufahrt für Niederteerbach.

Er rieb mit dem Jackenärmel über seine tropfende Nase und ging zu seinem alten Jeep, den er neben dem Feldweg am Waldrand geparkt hatte. Gerade wollte er einsteigen, da sah er einen Lastwagen näherkommen.

»Das darf doch jetzt nicht wahr sein«, schimpfte er. »Jetzt fahren hier schon die Schwertonner durch.« Er schlug die Jeeptür wieder zu, stellte sich an den Wegrand und hob Einhalt gebietend die Hand. Doch der Fahrer beachtete ihn nicht und fuhr einfach weiter.

Josef fluchte. Im ersten Moment war er zu aufgebracht und nicht geistesgegenwärtig genug, um sich das Kennzeichen zu merken. Der LKW bog auf die Niederteerbacher Straße ab und reihte sich dort in den zähflüssigen Verkehr ein. Was wollten nur alle in diesem verschlafenen Nest? Der Stau war Josefs Chance, doch noch das Nummernschild ablesen zu können.

Er hastete über sein Feld. Nur ein kleines Stück, bis zu der Böschung, an der die zweispurige Straße seitlich entlangführte. Der Laster musste hier vorbeikommen, eingegliedert zwischen den anderen Autos, die sich im Schritttempo Stück für Stück vorwärtsbewegten.

Josef hob das Fernglas wieder vor die Augen und blickte von dem schräg abfallenden Abhang auf die Straße hinab. Das Kennzeichen war noch von dem vorausfahrenden Fiat verdeckt, weshalb er vorerst den Lastwagenfahrer ins Visier nahm. Ein bärtiger, dicker Mann, der rauchte. Er hatte eine Fuhre Sand geladen. Der Wind fegte über die Oberfläche und trug Sandkörner fort. Dabei fiel Josef auf, dass etwas aus dem Haufen herausragte.

Er riss das Fernglas runter, wischte sich mit dem Handrücken über die Augen, und schaute dann wieder durch den Feldstecher. Das, was er dort herausragen sah, war ein Arm – die Haut voller Tätowierungen.

Er behielt seine Entdeckung im Auge, bis der Lastwagen unterhalb der Böschung genau an ihm vorbeirollte. Spätestens jetzt hatte er keinerlei Zweifel mehr. Das war keine Puppe.

Mit zittrigen Fingern zog er sein Handy hervor und wählte die Notrufnummer.

1. Kapitel

Sarahs Schrei hallte durch die gesamte Wohnung.

»Ist bei Ihnen gerade jemand gestorben?«, fragte Gabi am anderen Ende der Leitung.

Maike klemmte sich das Smartphone zwischen Ohr und Schulter, zog zwei Ordner aus einem Karton und trug sie zum Couchtisch.

»Bisher habe ich den Besuch meiner Nichte überlebt, aber die Frage ist, ob sie das auch tut.«

Gabi lachte. »Halten Sie durch. Morgen haben Sie ihre Freiheit zurück.«

»Tante Maike«, rief Sarah aus der Küche.

Maike ignorierte sie und seufzte. »Sobald ich meine Versetzungsverfügung gefunden habe, bringe ich sie mit zum Revier. Vor dreizehn Uhr werde ich es aber nicht schaffen. Mein Bruder, Zoe und die Zwillinge kommen heute aus Benin zurück. Sie landen in Frankfurt und steigen dann in den Zug nach Köln. Ich muss sie vom Hauptbahnhof abholen. Und ... meine Nichte loswerden.« Sie klappte einen Ordner auf und blätterte durch die Seiten.

»Machen Sie sich damit keinen Stress«, sagte Gabi. »Bei ihrer Ankunft in Niederteerbach ging es ja auch gleich drunter und drüber. Aber Sie wissen ja: Nachdem das alte Archiv abgebrannt ist, hat Bürgermeisterin Graefe nur noch ein Thema: das digitale Archiv. Und da sollen vorher alle Akten vollständig und geprüft sein. Sie will Ihre Versetzungsverfügung noch vorher in der Personalakte abgeheftet wissen.«

Maikes Blick fiel auf die klägliche Miniatur des Weihnachtsbaumes, den sie nur für ihre Mutter und ihre Nichte Sarah angeschafft hatte, um zumindest ein wenig festliche Stimmung zu zaubern. Sie hatten ihn am Weihnachtsabend zusammen geschmückt, wobei er dabei schon gefühlt die Hälfte seiner Nadeln verloren hatte und die Last der Kugeln auch nur an äußerst ausgewählten Ästen stemmen konnte. Wenn es im Wohnzimmer ein Fenster gäbe, hätte sie die mickrige Tanne schon längst hinausgeschmissen. Allein die Gewissheit, dass sie die Nadeln danach in der gesamten Wohnung vom Boden auflesen musste, hatte sie bisher davon abgehalten, das Baumgerippe auch nur einen Zentimeter zu bewegen.

»Tantchen!«, schrie Sarah nun so laut, dass sie vermutlich im ganzen Haus zu hören war.

»Ich schau mal, was bei meiner Nichte schiefläuft. Bis später, Gabi.«

Sie legte auf und ging in die Küche, wo Sarah hinter dem Duschvorhang hervorlugte. Der kleine Raum war voller Dampf.

»Es kommt nur noch kaltes Wasser«, schimpfte sie, während der Schaum von den Haaren tropfte. Strähnen klebten ihr im Gesicht und Wassertropfen perlten über die Wangen.

Maike schmunzelte. »Kein Wunder, wenn du stundenlang unter der Dusche stehst. Weißt du eigentlich, wie schädlich das für die Haut ist? Deine Mutter sollte dir mal eine Wasserleiche zeigen.«

»Ich liege nicht im Wasser, ich stehe nur drunter. Hilf mir.«

Maike lehnte sich gegen die Anrichte und verschränkte die Arme vor der Brust. »Du musst warten, bis der Warmwasserspeicher neu aufgeheizt ist.« Sie blickte auf ihr Smartphone. »Allerdings läuft uns die Zeit davon. Wir müssen uns langsam sputen.« Sie füllte den Wasserkocher und schaltete ihn ein.

»Beeil dich.« Sarah zitterte und klapperte übertrieben mit den Zähnen. »Mir ist arschkalt. Außerdem hab ich das Shampoo jetzt auch in den Augen.« Sie kniff sie zusammen und quiekte. »Das brennt.«

Maike grinste. »Das wäre doch jetzt ein schönes Foto fürs Familienalbum. Oder bei Instagram?«

»Wehe. Wenn du das tust, bin ich nicht mehr deine Nichte.«

Maike grinste noch breiter. »Klingt verlockend.«

Sarah verzog den Mund. Ohne die Seife im Gesicht hätte sie wohl auch mit den Augen gerollt.

Als der Wasserkocher fertig war, mischte Maike heißes und kaltes Wasser in einem Limonadenkrug. Ein Arm preschte hinter dem Vorhang hervor. Sarah riss ihr den Krug aus der Hand, verschwand wieder aus ihrem Sichtfeld und widmete sich ihrem Schaum-Desaster.

Auf dem Weg ins Schlafzimmer tippte Maike auf ihrem Smartphone eine Nachricht, in der sie Zoe schon mal vorausahnend mitteilte, dass Sarah und sie nicht pünktlich am Hauptbahnhof eintreffen würden. Es war ein schöner Gedanke, dass Familie Schwäfel heimkehrte und wieder für sie greifbar war. Maike freute sich auf das gemeinsame Essen heute Abend.

Sie streifte ihre Jogginghose und das Shirt ab und schmiss die Sachen aufs Bett, auf dem die Katzen nebeneinander dösten. Crockett sah sie kurz aus halb geöffneten Augen an, drehte sich auf die andere Seite und schenkte ihr keine Beachtung mehr. Tubbs hingegen beobachtete sie dabei, wie sie einen schwarzen Slip und den passenden BH aus der Schublade ihres Schrankes kramte und die Unterwäsche anzog.

»Also für dein Alter hast du ja echt noch eine ansehnliche Figur, aber die könntest du wirklich reizvoller verpacken.«

Maike fuhr herum und sah Sarah zur halb geöffneten Tür hereinschauen. Sie trug ein Badetuch um den Körper geschlungen. Ihre feuchten braunen Haare fielen ihr weit über die Schultern.

»Was soll denn das heißen?«

Ihre Nichte quetschte sich in dem engen Schlafzimmer zwischen Tür und Schrank zu ihr durch und begann wie selbstverständlich in der noch offenen Schublade zu wühlen.

»Gehts noch?« Maike drängte sie zurück und schob das Fach zu. Allerdings hatte Sarah schon einen nachtblauen Spitzen-BH in der Hand und hielt diesen zwischen Daumen und Zeigefinger in die Höhe.

»Du bist ja doch kein hoffnungsloser Fall«, sagte sie und zuckte mehrmals hintereinander mit den Augenbrauen.

Maike presste Luft in ihre Wangen und ließ sie dann geräuschvoll entweichen.

»Darf ich mir den mal ausleihen?«, fragte Sarah, ohne auf ihre offensichtliche Missbilligung einzugehen.

»Für eine Fünfzehnjährige ist der Push-up wohl nicht gerade ausgelegt«, entgegnete Maike. »Der passt dir auch sicherlich gar nicht.«

Sarah hielt ihn sich auf Brusthöhe vor das Badetuch. »Stimmt. Der wird mir eher zu klein sein.«

Maike riss die Augen auf. Sie suchte nach Worten, während Sarah ihr den BH über die Schulter legte und in den Flur verschwand.

Zuerst sah sie auf ihr Dekolleté, dann sagte sie sich mantraartig: »Nein, ich erwürge sie nicht. Nein, ich erwürge sie nicht.«

Nachdem sie sich eine blaue Jeans und einen grauen Rollkragenpullover angezogen hatte, fand sie Sarah im Wohnzimmer auf der Couch. Sie hielt sich einen Handspiegel vors Gesicht und zog sich mit einem Konturenstift die Lippen nach.

»Ist das jetzt dein Ernst?« Maike stemmte die Hände in die Hüften.

»Ich bin kein Kind mehr. Daran solltet ihr euch alle langsam mal gewöhnen.«

Sie wühlte in einem Täschchen, zog einen Eyeliner hervor und begann bei halb geöffnetem Auge über ihre Wimpern eine akkurate Linie zu zeichnen.

»Ich meine nicht deine Kriegsmalerei. Wir müssen los.«

»Aber später hab ich keine Zeit, mich zu schminken. Noah und ich treffen uns dann gleich auf der Eisbahn.«

»Hast du das schon mit deinen Eltern abgesprochen? Ihr habt euch über Weihnachten nicht gesehen. Sie wollen sicherlich erst mal Zeit mit dir verbringen.«

»Zum Abendbrot bin ich ja zu Hause.« Sarah sah mit einem verwegenen Wimpernschlag zu ihr auf. »Jetzt chill doch mal.«

»So, jetzt reicht's.« Maike spürte, wie eine unbekannte Wut in ihr aufstieg. Ihre Nichte hatte in zwei Wochen gelernt, sie mit wenigen Worten in Rage zu versetzen. »In spätestens zehn Minuten sitzen wir im Auto. Du kannst es dir also aussuchen, ob du dir vorher noch etwas anziehen magst oder ob ich dich im Handtuch eingewickelt mit zum Hauptbahnhof schleife.«

Sarah hob das Kinn. »Das machst du eh nicht.«

Maike zuckte mit den Schultern. »Dann lass es drauf ankommen. Die Zeit läuft.« Sie ließ ihre Nichte allein im Wohnzimmer zurück, ging in die Küche und nippte an ihrem inzwischen kalten Kaffee.

Der Raum war noch immer voller Dunst, aber der Schneeregen, der gegen das Fenster trommelte, hielt sie davon ab, es zu öffnen. Sie wischte über die angelaufene Scheibe und spähte nach draußen. Der Himmel war heute genauso grau wie das Kopfsteinpflaster des Marktplatzes. Durch das trübe Tageslicht wirkte die alte Fassade des Rathauses noch trostloser.

Harald stemmte gerade den Fensterladen seiner Imbissbude nach oben. Ansonsten war keine Menschenseele zu sehen. Selbst von den Tachmoinern fehlte bei dem nasskalten Wetter jede Spur.

Sie stellte die leere Tasse ins Spülbecken. »Halbzeit«, rief sie in Richtung Wohnzimmer, fest entschlossen, ihre Drohung wahrzumachen.

Auf dem kleinen Küchentisch lag noch die staatsanwaltliche Anklageschrift im Fall Julia Stoffels. Das Gerichtsverfahren gegen Angelika und Manfred Walterscheid war eingeleitet. Sobald der Termin feststand, würde sie die Vorladung zur Aussage bekommen. Beinahe fünfzehn Jahre hatten die Niederteerbacher angenommen, das Mädchen sei nach Indien ausgewandert. Sie hatten es glauben wollen, da es die einfachste Erklärung für das spurlose Verschwinden der Abiturientin gewesen war und sie auf diese Weise kein Verbrechen in Betracht ziehen mussten.

Maike wünschte, bei Billie gäbe es auch einen Anhaltspunkt, an den Zoe und sie sich klammern könnten, um die Erinnerung an die schicksalhafte Nacht, in der ihre Freundin verschwand, erträglicher zu machen. Im neuen Jahr musste sie sich unbedingt mehr mit dem Fall von Billie beschäftigen.

Sie rieb sich die Schläfen, stieß sich von der Anrichte ab und begab sich erneut in den Kampf mit ihrer Nichte. Die Schlacht für Billie würde sie ebenfalls nicht aufgeben.

Sarah stand angezogen neben ihrer gepackten Tasche im Flur und schlüpfte gerade in ihre Winterstiefel.

»Na also, geht doch«, sagte Maike, was Sarah mit einem mürrischen Grollen kommentierte.

Sie selbst streifte ihre knöchelhohen Doc Martens über, hüllte sich in den gefütterten Parka, und griff nach ihrer bunten Ohrenklappenmütze.

»Ist es dir nicht peinlich, mit diesem hässlichen Ding auf dem Kopf herumzulaufen?«, fragte Sarah und schulterte ihre Tasche.

Maike verließ vor ihr die Wohnung. »Erstens ist das Geschmackssache und zweitens bin ich selbstbewusst genug, um das zu tragen, was mir gefällt, und mich nicht darum zu kümmern, was andere darüber denken.«

Es war unmöglich, geräuschlos durch das Treppenhaus zu kommen. Die alten Holzstufen knarrten bei jedem Schritt, und im Erdgeschoss quietschte die Eingangstür, ehe sie laut scheppernd hinter ihnen ins Schloss fiel. Spätestens in diesem Moment wussten alle Bewohner, dass Maike das Haus verlassen hatte. Und als sie zum oberen Stockwerk hinaufblickte, gaffte ihr Vermieter Landgraf wie zur Bestätigung aus seinem Fenster.

Der Schneeregen hatte inzwischen nachgelassen, aber die feuchte Kälte ließ sie frösteln. Sarah gab ihr durch ein übertriebenes Keuchen zu verstehen, wie schwer ihre Tasche war, woraufhin Maike ihr mit einem Schulterzucken signalisierte, dass sie nach diesem Morgen nicht ihre Gepäckträgerin spielen würde.

Sie überquerten den Marktplatz, vorbei an Harrys Fressoase, der ihnen freundlich zuwinkte. Gabis Mann konnte nicht einmal dieses Mistwetter die gute Laune vermiesen. Für die Bäckerei Strietzel blieb heute keine Zeit. Dafür würde sie sich morgen eine Extraportion Marzipankekse gönnen, wenn sie ihre morgendliche Routine wieder ohne Sarah frei ausleben konnte.

Den braunen Nissan Cube hatte sie wie immer auf einem der Revierparkplätze am Rathaus geparkt. Lukas war bereits auf Streife, denn der zweite Stellplatz der Polizeidienststelle, wo normalerweise der Passat stand, war leer. Den Twizy hatten sie in irgendeiner Garage in den Winterschlaf versetzt und Maike hoffte, dass er nie mehr daraus erwachte.

»Du hast keine Sitzheizung, oder?«, fragte Sarah und glitt auf den Beifahrersitz.

Maike schüttelte den Kopf, startete den Motor, stellte die Lüftung auf volle Stärke und kümmerte sich mit einem Schaber um die vereisten Autoscheiben.

Zwei Minuten später nahm sie hinter dem Lenkrad Platz, hauchte auf ihre Hände und rieb sie aneinander. Ihre Wangen klebten von der Gesichtscreme, die ihr Sarah unter den Weihnachtsbaum gelegt hatte und die straffe Haut durch hochwertige Anti-Aging-Wirkstoffe versprach. Sie verzog den Mund, schaltete in den ersten Gang und fuhr los. Die Tube würde sie heute Abend in die Tonne werfen.

Kurz huschte ihr Blick zum Armaturenbrett, in dessen Ablage der Umschlag mit dem Weihnachtsgeschenk für Zoe lag. Ein Wochenend- Mädels-Trip nach Hamburg inklusive Konzertkarten. Und zufälligerweise im März, am Datum ihres vierzigsten Geburtstages. Sie schmunzelte süffisant vor sich hin. Die Party, die Zoe für sie vorgesehen hatte, würde so was von ausfallen. Die Fluchtmaßnahme war eingeleitet.

Während sie die kopfsteingepflasterte Seitenstraße hinter sich brachten, glich die Fahrt einer Rutschpartie. Maike atmete auf, als sie auf die asphaltierte Landstraße bog und beschleunigen konnte. Auf der Gegenfahrbahn staute sich der Verkehr, und sie hoffte, dass sich das bis zu ihrer Rückfahrt entspannt haben würde. Bis nach Köln würden sie bei diesem Wetter schon länger als die übliche halbe Stunde brauchen.

Sarah schaltete das Radio ein, zappte durch die Sender und hielt bei einem Song von Metallica inne. Sie lächelten sich an und wippten mit den Köpfen im Takt der Musik, bis Maikes Smartphone in der Armaturenhalterung klingelte und das leuchtende Display Lukas' Anruf verkündete.

»Ich komme heute erst zum Spätdienst«, sagte sie, nachdem sie das Radio leiser gestellt und die Freisprechanlage betätigt hatte.

»Frau Pech, o Gott, bin ich froh, dass ich Sie erreiche. Sie müssen herkommen. Ich brauche Sie. Es gibt eine Leiche.« Die Sätze sprudelten ohne Punkt und Komma aus ihm heraus.

»Ganz ruhig, Lukas. Wenn Sie so schnell sprechen, verstehe ich kein Wort.«

»Der alte Palmer hat angerufen und einen Leichenfund gemeldet«, berichtete er genauso hastig weiter. Er schnappte hörbar nach Luft.

»Ein Leichenfund muss noch lange nicht mit einem Verbrechen zusammenhängen«, erwiderte sie. »Fahren Sie hin und verschaffen Sie sich erst einmal einen Überblick.«

»Ich bin schon da. Hab mich genau an die empfohlene Vorgehensweise gehalten und den Lastwagen gestoppt. Der steht jetzt in Niederteerbach und bringt gerade den Verkehr zum Erliegen. Aber ich kann ihn nicht weiterfahren lassen. Hier liegt ganz bestimmt ein Verbrechen vor, oder wie erklären Sie sich, dass auf einer Sandfuhre eine Leiche durch die Gegend gefahren wird? Der Rettungsdienst ist kurz nach mir eingetroffen, und der Notarzt hat allein beim Anblick des Mannes nur abgewunken.«

Maike fuhr rechts ran und schaltete die Warnblinker ein. »Vielleicht ein Betrunkener, der es sich dort gemütlich gemacht hat und erfroren ist?«

»Der Tote ist nackt und weist sichtbare Verletzungen auf. Das ist ein Fall für die Kripo – ein Fall für Sie.«

Maike starrte das Smartphone an und blickte dann zu Sarah. »Schreib deinen Eltern eine Nachricht, dass wir nicht zum Hauptbahnhof kommen können und sie sich ein Taxi nehmen sollen.«

Sie wendete das Auto, um nach Niederteerbach zurückzufahren.

2. Kapitel

»Wie lange wird das dauern?«, fragte Sarah. Sie verschränkte die Arme vor der Brust und starrte aus dem Autofenster.

»Kann ich noch nicht sagen«, erwiderte Maike.

Sie hatte das mobile Blaulicht aufs Autodach gepappt und das akustische Warnsignal eingeschaltet. Inzwischen hatte auch Jens angerufen und sie als ihr Vorgesetzter offiziell mit der Ermittlung beauftragt. Ihr Kollege Lukas Yilmaz hatte sich selbstverständlich genau an die Vorschriften gehalten und über die Polizeizentrale die Kripo verständigt, bevor er sie kontaktiert hatte. Weitere Einsatzfahrzeuge hatte er sicherlich ebenfalls zur Unterstützung angefordert.

Maike kämpfte sich im zähfließenden Verkehr zurück ins Dorf. Da ihr auf der engen zweispurigen Straße ständig Fahrzeuge entgegenkamen, musste sie sich gezwungenermaßen immer wieder in den Stau eingliedern. Sie war der Jammerflut ihrer Nichte hilflos ausgeliefert.

»Noah und ich sind in einer Stunde verabredet.« Sarah sprach diesen Satz sicherlich zum fünften Mal aus.

»Na, da bin ich aber froh, dass du zur Generation ›Kopf unten‹ gehörst und mit einem Smartphone aufgewachsen bist. Vielleicht gibt es auch schon ein passendes Emoji für eine Date-Absage?«

»Ich sag ihm nicht ab. Wenn du dich beeilst, schaffe ich es noch rechtzeitig.«

Maike seufzte. »Tut mir leid, aber ihr müsst euer Treffen wirklich auf morgen verschieben.« Sie deutete mit dem Kinn nach vorn, wo der Stauverursacher in Form des gestoppten Lastwagens mittlerweile in Sichtweite war. »Du siehst das Chaos doch selbst. Hier werde ich eine Weile brauchen.«

Sie hielt direkt hinter einem Streifenwagen mit eingeschaltetem Blaulicht. Ein Polizist kam angestrengt auf sie zugestürmt, entspannte sich aber deutlich, als sie ihre Marke zückte.

Lukas eilte ebenfalls auf sie zu. »Endlich sind Sie da.«

Seine Lippen hatten einen bläulichen Ton angenommen, seine Haut wirkte noch bleicher als gewohnt. Über seiner Thermo-Jacke trug er einen weißen Overall und die Kapuze hatte er sich tief in die Stirn gezogen.

»Wie ist die Lage?«, erkundigte sie sich.

»Wir sind noch dabei, den Fundort abzusperren«, erwiderte er.

Ihr Blick fiel auf die im Schritttempo vorbeifahrenden Autos. »Der Verkehr muss für den Rest des Tages vom Fundort und bestenfalls generell von Niederteerbach ferngehalten werden.«

»Das wird nicht funktionieren«, entgegnete Lukas. »Durch die Dauerbaustelle auf der Umgehungsstraße müssen sie ins Dorf ausweichen.«

»Meines Wissens liegt die Baustelle bei diesem Wetter still. Ihr müsst das irgendwie hinkriegen.«

Auf der gegenüberliegenden Straßenseite standen Passanten und gafften. Maike wusste ohne hinüberzuschauen, dass sie die meisten Gesichter kannte. Anscheinend hatte sich schon herumgesprochen, dass eine Leiche durch Niederteerbach gefahren wurde. Warum erfuhr sie eigentlich immer als Letzte davon? Sie musste an ihrer Infrastruktur arbeiten. Jetzt verstand sie, warum sie die Tachmoiner nicht auf dem Marktplatz gesehen hatte. Einen Leichenfund ließen sich die ehemaligen Kommissare natürlich nicht entgehen.

»Tach, Maike«, rief Bruno.

»Moin.« Gunnar nickte ihr freundlich zu.

Horst stand bei ihnen und hatte wieder ordentlich einen in der Krone. Er hielt sich am Bushaltestellenschild fest und quasselte ununterbrochen auf Ingo Brandt ein. War ja klar, dass der

Dorfjournalist auch schon vor Ort war. Zu allem Übel entdeckte Maike auch Philipp in der Menge und senkte hastig den Blick. Dass ihr One-Night-Stand aka Wohnungsnachbar hier war, hatte ihr jetzt gerade noch gefehlt.

»Dann wollen wir mal«, sagte sie, ging zum Kofferraum ihres Nissan und nahm einen weißen Overall aus dem Seitenfach.

»Kann ich was helfen?«, fragte Sarah, die noch im Auto saß und richtete das Smartphone auf sie.

»Eine Zivilistin hat am Fundort aber nichts zu suchen«, sagte Lukas.

Da sie ihm von Sarahs Besuch erzählt hatte, wusste er, dass es sich um ihre Nichte handelte. In dem Moment schwenkte Sarah mit ihrem Smartphone von ihnen weg zum Lastwagen. Sie war anscheinend dabei, ein Video aufzunehmen.

Lukas setzte gerade zur Belehrung an, da knallte Maike die Kofferraumtür zu, war mit zwei Schritten neben der Beifahrertür, riss sie auf und nahm Sarah das Smartphone aus der Hand. »Das ist hiermit konfisziert.« Während Sarah protestierte, checkte Maike, ob sie einen Livestream gestartet hatte. Doch glücklicherweise war sie gerade noch rechtzeitig gekommen. »Solange ich kläre, wie lange ich hier brauche, rührst du dich nicht vom Fleck und stellst auch keinen weiteren Blödsinn an«, ermahnte sie ihre Nichte und forderte dann Lukas mit einem Nicken dazu auf, ihr zu folgen.

»Wo ist der Fahrer des Sandtransporters?«, erkundigte sie sich bei ihm.

»Im Rettungswagen«, antwortete er und deutete die Straße weiter nach vorn, wo der Rettungsdienst und das Fahrzeug des Notarztes an einer Bushaltestelle parkten. »Er arbeitet als Fernfahrer bei der Spedition Hagen und kann sich nicht erklären, wie die Leiche auf seine Sandfuhre gekommen ist.«

»So, so«, erwiderte sie und blieb neben der Kippbrücke des Lastwagens stehen, an dem eine Holzleiter angelehnt war. »Den nehme ich mir im Anschluss vor.«

Sie steckte Sarahs Smartphone in die Gesäßtasche ihrer Jeans und zog sich den Overall über. Dabei ignorierte sie die Schaulustigen, die sie bei jeder Bewegung beobachteten.

»Der Notarzt soll bitte herkommen«, wies sie Lukas an.

Er setzte sich umgehend Richtung Rettungswagen in Bewegung.

Nachdem sie sich auch Handschuhe übergestreift hatte, stieg sie seufzend auf die erste Sprosse und machte sich innerlich darauf gefasst, welcher Anblick sich ihr gleich bieten würde. Eine Leichenschau war immer wieder befremdlich und bei dieser hier verhielt es sich nicht anders. Der Tote war beinahe vollständig mit Sand bedeckt. Nur ein Arm, bis zur Schulter, und der Kopf waren freigelegt. Letzterer vermutlich durch den Notarzt, um den noch Unbekannten für tot erklären zu können. Sie beugte sich weiter nach vorn, um die sichtbaren Verletzungen im Gesicht des Mannes besser betrachten zu können. Blutergüsse, offene Wunden, keine Schnitte. Obwohl Hautstellen auf der Stirn und den Wangenknochen aufgeplatzt waren, war kein Blut zu sehen.

Maike verengte die Augen und sah zum wolkenbedeckten Himmel. Der vorangegangene Schneeregen hatte das Blut keinesfalls so gründlich fortwaschen können. Die Spurensicherung würde durch die Witterungsumstände keine leichte Arbeit haben.

Die Tätowierungen auf dem Arm zeigten Raubtierköpfe, die durch kunstvolle Schattierungen miteinander verbunden waren. »Hier versteht einer sein Handwerk«, flüsterte sie.

»Sie wollten mich sprechen«, sagte ein großer, schlanker Mann in orangefarbener Hose und Anorak, der jetzt unten neben der Leiter stand und zu ihr heraufsah.

»Kriminalhauptkommissarin Pech«, stellte sie sich vor.

»Doktor Berger.« Er nickte ihr zu.

»Haben Sie den Totenschein schon ausgestellt?«

Er nickte erneut. »Sieht mir nach einer unnatürlichen Ursache aus, auf jeden Fall ist sie unklar.«

Maike betrachtete nochmals das Gesicht des Toten. Kurzrasierte Haare, eher ein Fünftage- als Dreitagebart. Geschätzt zwischen vierzig und fünfzig Jahre alt. Oberkörper anscheinend nackt, der Unterleib noch nicht sichtbar.

»Dann haben wir hier wohl einen Fall für die Kriminaltechnik und die Staatsanwaltschaft«, sagte sie und stieg die Sprossen wieder hinab.

»Brauchen Sie mich noch?«, fragte Doktor Berger.

Sie zog den Reißverschluss des Overalls herunter und fischte ihr Smartphone aus der Tasche ihres Parkas. »Sie nicht, aber den ausgefüllten Totenschein und ihre Telefonnummer, falls ich Rückfragen habe.«

Er deutete zum Rettungswagen und lief voraus.

»Kann ich meine Leiter jetzt wiederhaben?«, rief Sandra Kuschel, vor deren Blumenladen der Lastwagen zum Halten gebracht worden war. Ihre schrille Stimme würde Maike unter Tausenden heraushören.

Sie blickte zum Laden hinüber, wo Frau Kuschel in der offenen Tür stand. Die Haare wie immer zu einem unordentlichen Dutt gedreht. In dem langen bunten Rock und gestrickten Blumenpullover wirkte sie, als wäre sie gerade vom Woodstock-Festival heimgekehrt. So verträumt, wie sie sich an den Türrahmen schmiegte und Maike selig anlächelte, hatte sie wahrscheinlich wieder zu viel von ihren getrockneten Pilzen geraucht.

»Die ist vorerst beschlagnahmt«, antwortete Maike, legte ihre Hände vor der Brust zusammen und neigte den Kopf nach vorn. »Shanti, shanti.«

Frau Kuschel legte den Kopf schräg, grinste noch breiter und erwiderte den Gruß etwas unkoordiniert.

Maike schüttelte kaum merklich den Kopf, wandte sich ab, wählte Walter Pöllers Nummer und rief ihn mit seinen Kollegen der Spurensicherung zum Fundort. Während sie zum Rettungswagen ging, informierte sie auch Staatsanwalt Sandro Grasso über das zweifellose Vorliegen einer Straftat. Und dieser entschied, dass es sicher kein Fehler war, einen Rechtsmediziner schon mal vor Ort einen Blick auf die Leiche werfen zu lassen, bevor sie das erste Mal bewegt wurde. Da Zoe heute noch nicht wieder im Einsatz war, wurde ihr Kollege Dr. Thomas Schmitt nach Niederteerbach bestellt.

»Damit wäre der Fall offiziell eröffnet und alles in die Wege geleitet«, sagte sie zu Lukas, der neben der seitlichen Schiebetür des Rettungswagens stand und ihren Telefonaten gelauscht hatte.

Er nickte, glücklich darüber, dass sie sich an die richtige Vorgehensweise gehalten hatte. Doktor

Berger hatte sie offenbar gehört, stieg aus dem Wagen und reichte ihr den Totenschein.

Sie faltete das Papier zusammen und schob es in die Innentasche ihres Parkas.

»Soll ich den Schein für Sie aufbewahren?«, fragte Lukas neben ihr. Seine Miene zeigte deutlich, dass er ihren unsachgemäßen Umgang mit dem Dokument nicht guthieß.

»Ich möchte jetzt mit dem LKW-Fahrer sprechen«, sagte sie an Doktor Berger gewandt, ohne auf Lukas einzugehen.

Er musste seine Perfektion in den Griff bekommen und sie würde nie müde werden, ihm dahingehend zu helfen.

Sie trat zur Tür und musterte den übergewichtigen bärtigen Mann, der auf der Behandlungsliege saß und mit leerem Blick vor sich hin starrte. Ein Sanitäter löste die Blutdruckmanschette von seinem Arm und notierte die Werte.

»Herr Knut Bäumler«, informierte Lukas sie und hielt dessen Ausweis in die Höhe. Als würde er sichergehen wollen, dass sie diesen nicht auch noch in ihre Jackentasche steckte, trat er einen Schritt vor ihr zurück.

»Er steht unter Schock«, ließ Doktor Berger sie wissen. »Wir nehmen ihn vorsorglich zur Überwachung mit ins Krankenhaus. Die Vernehmung sollten Sie auf morgen verschieben.«

Maike zog die Brauen zusammen. Da konnte man nichts machen.

»Bis die Spusi eintrifft, gehe ich wieder zum Kipper«, sagte Lukas. »Nicht, dass sich in der Zwischenzeit jemand zur Leiche legt oder unerlaubt Fotos macht.« Er deutete mit dem Kinn zum Dorfjournalisten.

»Sind die Kollegen an dem Problem mit dem Stau dran?«, fragte sie.

Lukas nickte und hob gleichzeitig die Schultern. Er ging davon, während sich ein anderer Polizeibeamter näherte.

»Entschuldigung, dass ich störe. Aber das Mädel in ihrem Auto muss pinkeln.«

3. Kapitel

Als gäbe es hier nicht schon genug Chaos.

Maike öffnete die Beifahrertür und sah ihre Nichte an. »Hier sind meine Wohnungsschlüssel.« Sie hielt Sarah den Bund vor die Nase. »Von hier aus ist es nicht weit. Ich hole dich später ab und dann fahren wir nach Köln. Das wird vermutlich aber erst gegen Spätnachmittag.« Sie zuckte mit den Schultern. »Es tut mir leid, aber das hier dauert noch ein paar Stunden.« Sie gab Sarah ihr Smartphone zurück. »Das Video habe ich gelöscht.« Mit diesen Worten wandte sie sich ab, wurde jedoch von ihr am Handgelenk zurückgehalten.

»Bekomme ich Ärger? Weil ich gefilmt habe?«

So kleinlaut hatte sie ihre Nichte schon lange nicht mehr erlebt. Sie versicherte ihr, dass sie nichts zu befürchten hatte. Sarah stieg beruhigt aus und machte sich auf den Weg. Maike lief geradewegs auf die Gaffer zu.

»Hallo!« Sie setzte ein übertriebenes Lächeln auf.

»Hallo«, kam es von allen Seiten zurück.

»Was ist denn hier los, Maike?«, rief Philipp und bahnte sich einen Weg zu ihr durch.

»Und so was am Ende des Jahres. Da ist der Urlaub dahin«, stellte Bruno fest.

»Können wir vielleicht helfen?«, meldete sich auch Gunnar zu Wort.

»Danke, ich komme allein zurecht. Aber bitte tut mir den Gefallen und sucht euch eine andere Tagesbeschäftigung als die ganze Zeit hier herumzustehen.«

»In deinen Hafen werf ich meinen Anker ... tuut, tuut«, sang Horst lallend. Das musste eindeutig sein Lieblingslied sein.

Sie klopfte Horst auf die Schulter, bedeutete den anderen nochmals mit dem Kinn, sich vom Fundort zu entfernen. Ingo Brandt war nicht mehr zu sehen. Wahrscheinlich schrieb er in der Redaktion schon an seinen Schlagzeilen.

Mittlerweile hatte der Stau ein Ende gefunden und es kamen keine weiteren Autos mehr nach. Die Einsatzkräfte hatten gute Arbeit geleistet und sie konnte endlich in Ruhe ihrer Arbeit nachgehen.

Maike lief zurück zum Rettungswagen und klopfte gegen die seitliche Schiebetür. Doktor Berger ließ sie einsteigen, vermittelte ihr aber nochmals mit seinem Blick, dass der Patient immer noch nicht vernehmungsfähig war.

»Wir brauchen noch Material zum DNA-Abgleich«, informierte sie ihn. »Sie müssen also noch so lange warten, bis die Kriminaltechniker und ein Mitarbeiter der Rechtsmedizin eintreffen.«

»Was hat das zu bedeuten?«, brach es aus Knut Bäumler heraus. »Ich ... ich bin doch nur der Fahrer. Den Toten kenne ich nicht.«

Maike legte den Kopf schräg. »Woher wollen Sie das wissen? Polizeikommissar Yilmaz hat Sie doch sicherlich keinen Blick auf die Leiche werfen lassen, oder?«

Bäumler kratzte sich fahrig den grauen Vollbart. »Das ... Ich hab nichts damit zu tun. Es war alles wie immer. Beladen, Rausfahren ..., nur zum Abladen beim Bauunternehmen Roth bin ich nicht gekommen.«

»Wo wurde beladen?«, hakte sie nach.

»Kieswerke Bauglück GmbH.« Er zog die Nase hoch, hatte Tränen in den Augen. »Wirklich, bitte, das müssen Sie mir glauben! Ich habe damit nichts zu tun.«

»Solange wir keine weiteren Spuren haben, sind Sie vorerst unser Hauptverdächtiger. Wir werden sehen, ob sich Ihre DNA auf der Leiche finden lässt. Wenn Sie die Wahrheit sagen, haben Sie dahingehend nichts zu befürchten.«

Es klopfte und Doktor Berger öffnete.

»Hier stecken Sie.« Walter Pöller steckte seinen Kopf herein. »Da muss man schon bei dem Mistwetter raus und dann auch noch nach der Kriminalhauptkommissarin suchen.«

»Sie haben mir auch gefehlt«, erwiderte sie und drängte sich an ihm vorbei nach draußen.

»Womit sollen wir denn nun anfangen?«, erkundigte sich Pöller.

»Ich warte noch auf Herrn Dr. Schmitt von der Rechtsmedizin. Wenn er sich die Leiche in der jetzigen Lage angeschaut hat, kann sie geborgen und ins rechtsmedizinische Institut nach Köln gebracht werden. Dann könnt ihr euch den Sand vornehmen und nach Spuren suchen. Kleidungsfetzen, Schmuck, Blut, Haare, im besten Fall eine Tatwaffe – alles, was ihr finden könnt.«

Er sah sie an, als hätte sie den Verstand verloren. »Ihnen ist schon klar, dass wir hier von etwa zehn Tonnen Sand sprechen?«

Maike zuckte mit den Achseln. »Ich kann es nicht ändern. Darauf und darin wurde nun mal ein Toter gefunden.«

Pöller verschränkte die Arme vor der Brust und schüttelte den Kopf. »Also die obere Sandschicht können wir vorsichtig abtragen. Aber für den Rest brauchen wir einen Ort, an dem wir den Sand auch abladen können.«

Sie nickte. »Ich kümmere mich darum.«

Maike winkte Thomas Schmitt zu sich, der soeben neben dem Rettungswagen parkte. An der nächsten Straßenbiegung sah sie auch den Mercedes des Staatsanwalts vorfahren. Super, warum immer alle auf einmal.

»Ich bin so schnell gekommen, wie ich konnte«, rief Schmitt ihr schon beim Näherkommen zu.

Maike reichte ihm die Hand. Pöller seufzte und trottete davon.

»Bevor Sie sich die Leiche vornehmen, benötige ich hier bitte einen Abstrich von Knut Bäumlers Mundschleimhaut. Also von dem LKW-Fahrer.«

Er nahm die angelaufene Nickelbrille ab und blickte zu Bäumler in den Wagen. »Der Tatverdächtige?«, fragte er.

»Bis Sie mich eines Besseren belehren«, entgegnete sie und überließ ihn seiner Aufgabe.

Pöller und seine Kollegen hatten inzwischen ihre weißen Overalls, Füßlinge und Handschuhe übergeworfen und besprachen mit Sandro Grasso das angedachte Vorgehen. Maike entging nicht, wie attraktiv der Staatsanwalt heute in seinem eleganten Mantel wieder aussah.

Sie mischte sich nicht in das Gespräch ein und telefonierte einstweilen mit ihrem Chef, um mit ihm eine Lösung für den Verbleib des Lastwagens inklusive des Sands zu finden – erfolglos. Schließlich kam ihr eine Idee und sie rief Gabi an, damit diese ihre guten Kontakte spielen ließ. Gabi rief daraufhin bei der freiwilligen Feuerwehr an und organisierte einen Stellplatz und angemessene Arbeitsbedingungen für die Spurensicherung.

Die erste Leichenschau gestaltete sich schwierig. Sie brauchten zwei Stunden, bis sie genügend Leitern besorgt und von der ansässigen Tischlerei lange Bretter organisiert hatten, die zur Überbrückung auf die Seitenwände des Kippers gelegt wurden. Somit war eine Begehung über der Leiche und dem Sand möglich, ohne die Fundstelle zu verunreinigen. Drei gelieferte Flutlichter spendeten ihnen ausreichend Licht. Sie hasste diese Tage, an denen es niemals richtig hell wurde.

Maike hatte sich einen frischen Overall übergezogen. Sie lag nun bäuchlings neben Pöller und Schmitt auf den zusammengeschobenen Brettern und betrachtete mit ihnen gemeinsam die Leiche. Zoes Kollege begann Stück für Stück, den Oberkörper des noch Unbekannten freizulegen.

»Der hat ja einen ganzen Zoo auf der Brust«, stellte Pöller fest.

Maike betrachtete die Tätowierung einer Schlange, die sich um den Bauchnabel des schlanken Mannes wand. »Wahrscheinlich war er einfach tierlieb«, flüsterte sie.

»Vor wie vielen Stunden wurde der Leichnam entdeckt?«, fragte Schmitt.

»Vor fünf bis sechs Stunden«, antwortete sie.

Er nickte nachdenklich. »Die kalten Temperaturen halten ihn frisch.« Leicht hob er den Arm des Toten an. »Die Leichenstarre hat sich bereits wieder gelöst. Heißt, er ist schätzungsweise seit mindestens zwei Tagen tot.«

Schmitt schob immer mehr Sand mit der Hand beiseite, bis sie den Toten vollständig inspizieren konnten. Da der Fremde auch keine Hose trug, verlor Maike ihre Hoffnung, doch noch einen Hinweis auf seine Identität zu finden. Bis auf ein großflächiges Tattoo auf der rechten Wade waren die Beine nicht tätowiert.

»Alter zwischen 40 und 50, Gewicht etwa 90 Kilo.«

»Erzählen Sie mir bitte etwas, das ich nicht selbst erkennen kann«, forderte sie ihn auf.

»Sehen Sie die fixierte Ausprägung der Totenflecke entlang der linken Körperseite?«

Maike seufzte. Die Flecken bildeten sich nach dem Tod immer an den unten liegenden Körperpartien. Doch da der Unbekannte rückenlagig im Sand gefunden wurde …

»Er wurde umgelagert«, sagte sie.

Schmitt nickte. »Das hier ist nicht der Tatort.«

»Erspart uns eine Menge Arbeit«, entgegnete Pöller.

»Da irren Sie sich.« Maike rutschte auf den Brettern zurück und stieg auf die oberste Sprosse der Leiter. »Finden Sie die berühmte Stecknadel im Heuhaufen – wobei hier wohl eher Sandkorn im Sandhaufen zutrifft.«

»Ich sollte so tun, als hätte ich Frau Hauptkommissarin nicht gehört«, flüsterte er Schmitt zu. Dieser schenkte ihm ein mitfühlendes Lächeln.

Die beiden Männer drehten den Leichnam noch herum und suchten auf dem Rücken nach Verletzungen. Dann gab Schmitt die Freigabe für die Bergung.

»Haben Sie eine erste Prognose zur Todesursache?«, erkundigte sie sich, als er die Leiter zu ihr herabgestiegen war.

»Ist mir noch nicht ersichtlich. Vermutlich innere Verletzungen. Bisher konnte ich allerdings keine Schuss- oder Stichverletzungen feststellen. Auf dem Seziertisch sehen wir uns das genauer an.«

»Das ist dann wohl mein Stichwort«, meldete sich der Staatsanwalt hinter ihnen zu Wort. »Ich ordne die gerichtliche Obduktion für morgen an, vielleicht kennen wir bis dahin auch schon die Identität des Toten.«

»Hoffen wir, dass die uns ein paar Antworten bringt.« Maike zog die Handschuhe aus und fuhr sich übers Gesicht.

»Wir fangen bei null an. Es gibt keine Zeugen, keine Hinweise auf den Tatort, den Tatablauf oder das Tatmotiv. Die Identität des Toten und somit sein Umfeld sind auch ungeklärt.« Sie fühlte sich ausgelaugt und müde, obwohl die Ermittlungsarbeit erst ihren Anfang nahm.

4. Kapitel

»Kaum sind wir zu Hause bin ich schon wieder urlaubsreif«, sagte Mark, stellte die Einkaufstüten auf die Küchenanrichte und sah durch die Durchreiche ins Wohnzimmer, wo Leonie und Laura vor dem Flatscreen saßen und einen Disneyfilm anschauten.

Den beiden waren die Strapazen des Tages kaum anzumerken. Erst acht Stunden Flugzeit von Cotonou nach Istanbul, dort zwei Stunden Aufenthalt, und schließlich noch mal dreieinhalb Stunden Flug bis nach Frankfurt. Zum Glück hatten die Zwillinge letzteren verschlafen und waren seither wieder erträglicher. Marks Nerven hingen an seidenen Fäden, und Zoe wollte den Tag eigentlich nur noch hinter sich bringen.

Sie half ihrem Mann dabei, die Lebensmittel, die sie noch schnell eingekauft hatten, auszupacken und in die Schränke und den Kühlschrank zu räumen.

»Deine Mutter hat angerufen«, ließ sie ihn wissen. »Sie kann Nele nicht bis morgen behalten. Ihr Chor hat wohl kurzfristig eine Anfrage fürs Neujahrssingen im Rathaus erhalten und sie müssen noch dafür proben.«

»Konnten die sich im Rathaus nichts anderes leisten?«, entgegnete Mark und grinste. »Na ja, die Zwillinge werden sich freuen. Sie haben den Hund vermisst.«

»Und Maike hat geschrieben, dass sie und Sarah nicht vor 20 Uhr da sein werden.«

»Das kennen wir doch. Meine Schwester ist nie pünktlich.« Während sie die Eier einzeln ins Seitenfach des Kühlschranks legte, befüllte er über ihre Schulter hinweg das Käsefach. »Wir stehen uns hier gegenseitig im Weg, Schatz.« Er drückte ihr einen flüchtigen Kuss auf die Schläfe. »Lass mich das fertig machen.«

Sie ging zum Esstisch und kümmerte sich um die Obstschale. »In Niederteerbach wurde ein Lastwagen gestoppt, der neben seiner Sandladung auch eine Leiche transportiert hat.«

Mark seufzte. »Na klasse, da kann ich mir ja vorstellen, um welches Thema es sich beim Abendessen drehen wird.«

Zoe schmunzelte. »Nicht, solange die Kinder mit am Tisch sitzen. Und außerdem wird deine Mutter auch zum Essen bleiben.«

Wie auf Kommando klingelte es an der Tür. Da Nele bellte und die Zwillinge dadurch ihre Ankunft bemerkten, waren sie noch vor Zoe an der Haustür und rissen sie auf.

»Nele, Nele«, rief Laura und fiel der Hündin um den Hals. Diese wedelte mit dem Schwanz, leckte Leonie über die Hand und genoss die Streicheleinheiten.

»Werde ich denn gar nicht begrüßt«, rief Jutta gespielt entrüstet und breitete die Arme aus, woraufhin die Mädchen sich hineinwarfen.

»Schaust du mit uns einen Märchenfilm?«, fragte Leonie und rannte zurück ins Wohnzimmer. Laura folgte ihr und Nele, nachdem sie ein paar anschmiegsame Runden um Zoe gedreht hatte, auch.

Sie nahm ihrer Schwiegermutter den Mantel ab und hängte ihn an den freistehenden Garderobenständer.

»Danke, meine Liebe.« Jutta zog sich umständlich die Absatzstiefel aus und schlüpfte in die bereitstehenden Hausschuhe. »Wie war es in Benin? Geht es deinem Vater gut?« Sie lief voraus zur Küche. »Gibt es dort auch Weihnachtsbäume? Ich war am ersten Weihnachtsfeiertag bei Maike und

Sarah. Also so ein hässliches Ding von einem Weihnachtsbaum habt ihr noch nicht gesehen.«

Wie kam Jutta, die Meisterin der guten Laune, beim Reden nur mit so wenig Sauerstoff aus? »Schön. Ja. Dort eine Tanne aufzutreiben, ist schwierig«, beantwortete Zoe ihre Fragen, als sie die Küche erreichten.

»Hallo, Mutter.« Mark umarmte sie kurz und gab ihr einen Kuss auf die Wange.

»Das ist für euch«, sagte sie und überreichte ihm nachträglich als Weihnachtsgeschenk ein Kuvert, wobei beiden klar war, dass sie darin wie jedes Jahr Theaterkarten finden würden. Genauso, wie Jutta sicherlich bereits ahnte, dass sie ihr wieder ein 11er-Ticket für die Claudius Therme schenkten. »Bei euch weiß man nie, was man schenken soll. Ihr habt ja alles.« Sie sah sich um und klatschte in die Hände. »Kann ich euch noch bei etwas helfen?«

»Bring gerne Leonie und Laura in die Badewanne«, erwiderte Mark.

»Wenn wir heute erst so spät essen, sind die Zwillinge dann wenigstens schon bettfertig.«

»Hey, ihr zwei. Habt ihr Lust auf eine Wasser schlacht?« Jutta brauchte keine Überredungskünste. Die beiden flitzten vor ihr die Treppe hinauf. Nele folgte ihnen.

»Aber nicht den Hund mit in die Wanne nehmen«, rief Zoe hinterher. Bei Jutta konnte man nie wissen.

»Ich befürchte, das war keine gute Idee.« Mark seufzte. »Nachher steht das Badezimmer unter Wasser. Da wäre ich schneller gewesen, wenn ich die beiden selbst gebadet hätte, als später wieder alles trocken zu wischen.«

»Entspann dich.« Sie strich ihm über den Rücken. »Ich kümmere mich dann darum.«

»Kannst du mir bitte etwas von deiner Gelassenheit abgeben? Nur ein bisschen.« Er nahm zwei Töpfe aus dem Schrank und setzte sie auf der Kücheninsel auf den Herd.

»Weißt du was«, sagte sie und räumte sie wieder weg. »Wir schaffen es in der kurzen Zeit sowieso nicht mehr, was Gesundes zu kochen. Ich wäre dafür, etwas zu bestellen.«

Mark ließ sich auf einen Stuhl sinken. »Das hört sich traumhaft an«, säuselte er ironisch. »Lass uns ganz verrückt sein und Pizza bestellen.«

Sie lachte. »Wenn es sein muss. Ich schreibe Sarah und frage, welche sie will. Maike nimmt sowieso immer Thunfisch.«

Das Lachen der Zwillinge hallte durchs ganze Haus. Während Jutta sich um die beiden kümmerte und Zoe den Tisch deckte, ging Mark hoch in sein Arbeitszimmer auf den Dachboden. Sie hatten vereinbart, im Urlaub keine Mails zu lesen, woran Zoe sich nicht hundertprozentig gehalten hatte. Es gelang ihr nie, die Gedanken an ihre Arbeit vollends abzustreifen. Als Mark vorhin beim Einkaufen gewesen war, hatte sie die Koffer ausgepackt und nebenher mit Thomas telefoniert. Sie hatte sich in allen Einzelheiten schildern lassen, wie er den Toten vorgefunden hatte, und im Institut bereits Bescheid gegeben, dass sie die Obduktion morgen leiten würde.

Der Pizzaservice traf kurz nach 20 Uhr beinahe zeitgleich mit Sarah und Maike ein. Die beiden warteten, bis der Lieferant aus der Einfahrt gefahren war und parkten dann vor dem Carport.

Die Stimmung zwischen den beiden, schien nicht die beste zu sein. Sarah trottete mit ihrer Reisetasche vor Maike her, wobei sie kein Wort sprachen und finster dreinschauten.

»Meine Große. Ich hab dich vermisst.« Zoe nahm Sarah die Tasche ab, stellte sie in den Flur und schloss sie in die Arme. Es kam ihr vor, als wäre sie in den vierzehn Tagen, in denen sie sich nicht gesehen hatten, wieder gewachsen. Man konnte richtig zusehen, wie sie zu einer jungen Frau wurde, auch wenn sie auf dem Weg dahin momentan sehr schwierig zu händeln war.

»Hey, Mom.«

Für einen kurzen Moment hatte Zoe den Eindruck, sie hatte sie ebenfalls vermisst. Doch nachdem sie die Umarmung erwidert und auch ihren

Vater begrüßt hatte, lief sie sofort die Treppe hinauf und verschwand in ihrem Zimmer.

»Wir essen gleich«, rief sie nach oben, woraufhin Leonie und Laura in ihren Schlafanzügen die Stufen herabeilten. Jutta kam ihnen hinterher und sah so aus, als hätte sie mit ihnen zusammen gebadet. Durch die nassen Stellen auf ihrer cremefarbenen Bluse konnte man ihren BH sehen. Entweder bekam sie es nicht mit oder sie störte sich nicht daran. Sie lächelte Maike an, umarmte sie und schwänzelte Richtung Küche.

»Mmh, riecht das gut. Was gibt es denn?«

»Pizzaaa«, riefen die Zwillinge, die die Kartons mittlerweile auf dem Tisch entdeckt hatten.

»Warum müssen kleine Kinder immer so laut schreien?«, fragte Maike. Sie stand nach wie vor in der Tür und verzog das Gesicht, als hätte sie Kopfschmerzen.

Zoe zog sie an sich. »Herzlich willkommen im alltäglichen Wahnsinn der Schwäfels.«

»Ich hab mich nach all den Jahren noch immer nicht daran gewöhnt, dass mein Bruder deinen Familiennamen angenommen hat«, sagte sie und erwiderte ihre Umarmung. Dann boxte sie Mark im Vorbeigehen in die Seite und folgte ihrer Mutter in die Küche.

»Wer will schon Pech heißen«, flüsterte er, grinste Zoe an, legte einen Arm um ihre Schultern und führte sie zu den anderen.

Von einem entspannten Essen waren sie weit entfernt. Sarah hatte sich erst nach mehrmaligem Rufen dazu herabgelassen, am Esstisch zu erscheinen, und maulte, dass es bei ihrer Tante schon ständig Pizza gegeben hatte. Leonie und Laura stritten sich um das Trinkglas mit dem Aufdruck von Disney-Prinzessinnen.

Sie hatten ein Identisches besessen, das am Abreisetag in der Hektik zu Bruch gegangen war. Und nun beanspruchten es beide für sich.

Mark seufzte und nahm sein Smartphone zur Hand. »Ich schreib mir eine Erinnerung, dass ich morgen ein neues Prinzessinnenglas kaufe.«

»Besser gleich zwei«, erwiderte Maike. »Nicht, dass eins einen Kratzer hat und das andere nicht. Dann geht die Streiterei von vorne los.« Sie war die Einzige, die die Pizza aus dem Karton aß. Nele saß neben ihrem Stuhl und hypnotisierte sie mit ihrem Blick. Das hatte Maike davon, wenn sie dem Hund ab und zu etwas vom Tisch gab.

»Leonie hat ihr Glas kaputt gemacht, das ist meins«, begann Laura das Spiel von vorn.

Maike langte über den Tisch, griff danach, trank den letzten Schluck Apfelschorle aus, stand auf und räumte das Glas in die Spülmaschine.

Zurück am Tisch sah sie zu den Zwillingen und nickte in Marks Richtung. »Papa kauft euch morgen neue Prinzessinnengläser. Und jetzt beruhigt Euch mal, dann bekommt ihr nach dem Essen eure Weihnachtsgeschenke von mir.« Seufzend nahm sie ein Pizzastück in die Hand und biss hinein. »Jetzt muss nur noch der Hund aufhören, mich so von der Seite anzustarren, und ich bin zufrieden.«

»Nele riecht deine Katzen«, sagte Jutta und sah Maike über den oberen Rand ihrer roten Brille an. »Haben sie den Weihnachtsbaum am Leben gelassen?«

Es war offensichtlich, dass es ihr Versuch war, ein anderes Thema anzuschneiden und die Stimmung am Tisch aufzubessern.

»Du hast ihn gesehen. Der war nicht mal als Kratzbaum tauglich«, erwiderte Maike kauend.

»Wie hat es dir denn bei Maike gefallen?«, fragte Mark an Sarah gewandt.

Diese warf ihrer Tante einen kurzen Blick zu und lächelte schließlich. »Außer, dass ich das Treffen mit Noah heute verpasst habe, war es echt cool.«

»Wir haben es beide überlebt«, entgegnete Maike. »Das ist es doch, was zählt.« Sie schob sich schnell ein großes Pizzastück in den Mund.

»Gibt es jetzt die Weihnachtsgeschenke?«, fragte Laura, da Mark aufstand und damit begann, den Tisch abzuräumen.

Maike willigte ein und ging nach draußen zum Auto, um die Geschenke zu holen. Zoe hatte sie besorgt, aber Maike wusste, dass es zwei Disney-

Prinzessinnen-Barbiepuppen mit sehr langen Haaren waren.

Als Jutta sich später verabschiedete, Sarah sich in ihr Zimmer zurückzog und Mark die glücklichen Zwillinge ins Bett brachte, zog Zoe sich mit Maike auf den Dachboden zurück. Sie machten es sich auf den Sitzkissen bequem. Maike nahm sich eine Flasche Kölsch und Zoe genehmigte sich einen guten Wein. Es war ihr gemeinsames Ritual, den Abend ausklingen zu lassen.

»Das ist für dich.« Maike reichte ihr den Umschlag und lächelte sie an. »Nachträglich frohe Weihnachten.«

Zoe stand auf, ging zum Regal und nahm das Kuvert mit Maikes Weihnachtsgeschenk heraus. Als sie sich wieder zu ihr setzte, packten sie gleichzeitig aus.

»Echt jetzt?« Maike sah sie an und prustete los.

Zoe stimmte in ihr Lachen ein. »Das kann auch nur uns passieren.«

Sie hatten sich beide exakt das Gleiche geschenkt: Ein Wochenende in Hamburg inklusive Konzertkarten.

»Entweder überlegen wir uns, wer uns begleiten soll oder wir verkaufen zwei Karten.« Maike lachte noch immer.

»Auf jeden Fall bin ich schon mal froh, dass du dir aus dem Kopf geschlagen hast, eine Geburtstagsparty für mich zu schmeißen. An dem Wochenende sind wir ja nun in Hamburg.«

Zoe legte ihr eine Hand aufs Knie und beugte sich zu ihr vor. »Das eine schließt das andere doch nicht aus. Deine Feier habe ich eine Woche später eingeplant.«

Maikes Lachen erstarb. »Was genau ist daran nicht zu verstehen, dass ich keine Feier will?«

»Ach, komm. Wir werden nur einmal vierzig. Du musst das echt lockerer sehen.«

»Pfff … Sagt die, die noch nie Figurprobleme hatte, aussieht, als wäre sie zwanzig Jahre lang nicht gealtert, und die einen Mann hat, der sie auf Händen trägt.«

»Als würdest du einen Mann wollen, der das tut«, erwiderte Zoe. »Du brauchst einen, der dir ordentlich Paroli bietet.« Sie hob das Weinglas und prostete Maike zu. »Hast du mal wieder etwas von deinem Berliner Kollegen Martin gehört?«

Maike verzog den Mund. »Wie kommst du denn jetzt ausgerechnet auf den?«

Zoe schmunzelte. »Na, wegen Paroli und so. Oder willst du lieber über Philipp reden? Bist du deinem Nachbarn mal wieder über den Weg gelaufen?«

»Ich bin für das Thema Männer gerade nicht in Stimmung«, erwiderte Maike. Sie trank einen Schluck. »Hast du noch mehr Bier hier? Diesen

Tag kann ich mir eigentlich nur noch schön trinken.«

Zoe deutete zum Kühlschrank. »So schlimm?«

»Na ja, ich hab eine Leiche und noch keine Ahnung, wo ich mit den Ermittlungen ansetzen soll.« Sie stellte ihre leere Flasche neben dem Teppich ab, zog ein kleines Kissen heran, und legte sich auf die Seite.

»Erzähl mal. Ich hab bisher nur erste Infos von Thomas«, sagte Zoe.

»Das Problem ist, dass ich auch noch nicht mehr weiß.«

»Was hältst du davon, wenn du mich morgen in den Obduktionssaal begleitest und wir uns den Unbekannten mal gemeinsam anschauen?«, fragte Zoe.

»Hm, klar, warum nicht.« Maike gähnte. »Ich hab jetzt sowieso keine Lust mehr, heimzufahren.« Ihr fielen die Augen zu.

»Dafür hast du auch zu viel getrunken«, flüsterte Zoe, stand auf, nahm eine Decke aus der Kommode und deckte die fast schon schlafende Maike zu. »Morgen sehen wir weiter. Irgendetwas verraten einem die Toten immer.«

5. Kapitel

»Guten Morgen, Frau Doktor Schwäfel«, begrüßten sie zwei Studenten, die vor dem Eingang des Obduktionssaals warteten.

Zoe nickte ihnen zu, blieb vor der Schiebetür stehen und sah sich nach Maike um, die hinter ihr den Gang entlangkam und telefonierte.

»Im Kölner Präsidium geht ein Kollege gerade die Vermisstenanzeigen durch«, informierte sie ihren Gesprächspartner. »Fahren Sie in der Zwischenzeit zur Kieswerke Bauglück GmbH und fangen Sie schon mal mit den Befragungen an. Je nachdem, wie lange ich hier brauche, komme ich nach.« Sie wollte auflegen, hob das Smartphone aber noch mal ans Ohr. »Ach, Lukas? Und schauen Sie sich genau an, wie die den Sand verladen. Machen Sie Fotos.«

»Bist du jetzt so weit?«, fragte Zoe, als sie das Telefonat beendet hatte. »Ansonsten fangen wir inzwischen ohne dich an.«

»Bin startklar. Allerdings frage ich mich, warum ich mir das eigentlich antue. Beim letzten Mal habe ich mich fast übergeben.«

»Weil ich momentan deine größte Chance bin, etwas über den Toten zu erfahren«, erwiderte Zoe, nahm einen Kittel aus dem Regal neben dem Eingang und zog ihn über ihre OP-Kleidung. Maike und den zwei Studenten reichte sie ebenfalls einen.

In Gummischuhen betraten sie den Obduktionssaal, in dem gleichzeitig an drei Seziertischen gearbeitet wurde. Mit ihrer Dozententätigkeit an der Uni war Zoe für dieses Jahr durch, ihre Unterstützung bei der Hospitation war heute und morgen aber noch gefragt.

Die Kollegen an den anderen Tischen, die ihre Anwesenheit bemerkten, nickten ihr zu.

»Wie war der Urlaub?«, rief jemand über den Lärm einer elektrischen Oszillationssäge hinweg.

Als Antwort hob sie nur den Daumen.

Sie sah und roch auf den ersten Blick, dass sie es am Nebentisch mit einer Fäulnisleiche zu tun hatten. Bei dem Gestank konnten nicht einmal die Abzugslüftung und die Klimaanlage helfen.

Maike wirkte schon jetzt blass. Der rothaarige Student namens Linus Strauss schmierte sich eine

Salbe aus einer selbst mitgebrachten kleinen Dose unter die Nase.

»Fehler Nummer eins«, sagte Zoe im normalen Ton, da die Säge inzwischen ausgeschaltet worden war. »Wenn man sich eine mentholhaltige Salbe unter die Nase reibt, lernt das Gehirn die Verknüpfung und zukünftig riecht die Zahnpasta irgendwie nach Leiche.«

Der Student sah sie entmutigt an, Zoe zuckte mit den Schultern.

»Hat was von einem Steak, das eine Woche lang in der Sonne lag«, kommentierte Maike und verzog angewidert den Mund.

»Hat das CT was gezeigt?«, fragte Zoe an Thomas gewandt.

Er band sich gerade eine wasserabweisende Schürze um und sah auf. »Gebrochenes Jochbein. Und es sieht nach einer Hirnquetschung aus.«

Sie betrachtete den Toten auf ihrem Tisch, dessen Identität noch nicht geklärt war. »Anhand der äußeren Gesichts- und Kopfverletzungen sollten wir ein Schädel-Hirn-Trauma als Todesursache in Betracht ziehen.«

»Glauben Sie daran, dass die Virtopsy zukünftig die Sektion ersetzen wird?«, fragte Linus Strauss.

»Ich vertrete eher die Meinung, die technologische Entwicklung der medizinischen Bildgebung und die Obduktion ergänzen sich gegenseitig.« Sie streifte Handschuhe über und schaute zu Maike, die ihre Augen verdrehte über die Fachsimpelei. »Wir beginnen nun mit der äußeren Leichenschau.«

Nebenan wurde der Darm in einer Schale aufgeschnitten und gespült, weshalb Linus sich die Hand vor den Mund hielt, sich entschuldigte und hinausstürmte.

»Fehler Nummer zwei«, sagte Zoe. »Wenn man den Saal immerzu verlässt, stellt sich der Geruchssinn schnell wieder auf normal ein und zurück am Seziertisch stinkt es wie am Anfang.«

»Gibt es denn gar nichts, womit man sich gegen den Gestank wappnen kann?«, fragte Paul Keil, der zur Tür blickte und wohl kurz davorstand, seinem Kommilitonen nach draußen zu folgen.

»Einfach ein paar Mal tief durchatmen«, erwiderte sie lächelnd. »Ist wie in der Parfümerie. Innerhalb von ein bis zwei Minuten passt sich die Nase an. Dann riecht man es nicht mehr so sehr.«

Zoe ließ ihren Blick über den tätowierten Oberkörper des Toten gleiten. Sie hob den rechten Arm an und drehte die Innenseite nach oben, um ein kleines Tattoo auf dem inneren Handgelenk besser in Augenschein nehmen zu können. Dieses grenzte sich vom Stil her von den übrigen ab.

»Was hältst du davon?« Sie winkte Maike näher heran.

Diese beugte sich neben ihr über den Leichnam und betrachtete die Tätowierung am Handgelenk ebenfalls. »Sieht wie ein verschnörkelter Buchstabe aus.«

»Und ein Ausrufezeichen dahinter.« Zoe deutete darauf.

»Das ist das Signet einer Studentenverbindung«, sagte Paul.

Zoe sah ihn überrascht an. »Sie wissen nicht zufällig, von welcher?«

Er schüttelte den Kopf.

»Aber das lässt sich herausfinden«, flüsterte Maike gedankenverloren, nahm ihr Smartphone zur Hand und machte ein Foto. Anschließend zückte sie ihr kleines Notizheft.

»Mira, du übernimmst bitte bei der Leichenschau die Fotodokumentation«, forderte Zoe ihre Assistentin auf. »Hast du die Leiche schon gewogen und vermessen?«

»1,89 m groß, 93 Kilo schwer«, antwortete sie. »Einlieferungszustand ohne Kleidung, geschätztes Alter zwischen vierzig und fünfzig, fixierte Totenflecke linksseitig, Leichenstarre vollständig gelöst, Todeszeitpunkt vor drei bis vier Tagen.«

»Dann lasst uns anfangen.« Zoe nickte Thomas und Mira zu, bevor sie sich an Linus wandte, der gerade an den Tisch zurückgekehrt war. »Sie können selbst am besten einschätzen, ob Sie das hier durchstehen. Falls nicht, brechen Sie die Hospitation ab, bevor Sie uns zusammenklappen.«

»Es geht wieder«, nuschelte er und hielt sich ein Taschentuch vor die Nase.

»Fehler Nummer drei«, sagte sie, schaute auf das Taschentuch, sagte aber nichts weiter. Mira schaltete das Diktiergerät ein und Zoe konnte endlich beginnen. »Da es sich hier um ein mögliches Tötungsdelikt handelt, beginnen wir mit der Spurensicherung.«

Während Sie die Platzwunden betastete und Abstriche vornahm, sicherte Thomas den Schmutz unter den Nägeln und nahm Fingerabdrücke.

»Das Gesicht des Unbekannten wurde gewaschen, die Verletzungen aber nicht verarztet«, stellte sie fest. Mithilfe eines Klebestreifens entnahm sie aus einer klaffenden Wunde am Jochbein ein Faserstück, das zu einem Kleidungsstück gehören oder von etwas stammen konnte, das für die Reinigung verwendet worden war.

»Komm schon, Zoe.« Maike stand nach wie vor tapfer an ihrer Seite. Der Jagdinstinkt hatte Oberhand gewonnen, die anfängliche Unsicherheit war gewichen. »Was erzählt dir der Tote über sich?«

»Muskulös, gepflegter Haarschnitt, Haare am Körper rasiert, leicht nachgewachsen. Er war zu Lebzeiten auf jeden Fall ein sportlicher Mann, der Wert auf sein Äußeres gelegt hat. Die Tattoos haben ihn eine Menge Geld gekostet und sie bilden –

bis auf das Signet am inneren rechten Handgelenk, ein Gesamtkunstwerk auf Brust, Bauch, Rücken und beiden Armen.«

»Darauf wird der Tätowierer stolz sein, und ich könnte mir vorstellen, dass er seine Arbeit mit einem Bild auf seiner Website bewirbt«, sagte Maike und schrieb wieder in ihr Notizheft.

Zoe überstreckte den Kopf des Toten und öffnete seinen Mund. »Der linke Schneidezahn ist abgebrochen. Würde mich nicht wundern, wenn wir den später in der Speiseröhre oder Luftröhre finden. Die Gesichtsverletzungen deuten auf eine Schlägerei hin, ebenfalls die Verletzungen an den Fingerknöcheln.« Sie deutete mit dem Kinn auf die Hände. »Dazu passt die Auswertung vom CT.« Zoe griff zu einer Zange. »Ansonsten makelloses weißes Gebiss«, kommentierte sie und löste unter Kraftaufwand eine Verblendschale vom Zahn. »Teure Keramik-Veneers an den Frontzähnen.«

»Heißt, er hat entweder einen Kredit aufgenommen oder gut verdient«, schlussfolgerte Maike.

Zoe nickte. »Ich tippe auf Letzteres und vermute auch eine gehobene Position im Job.« Sie legte die Zange beiseite und leuchtete die Mundhöhle mit der Lampe aus. »Die Rachenschleimhaut ist verletzt. Ich nehme einen Abstrich und ... Moment mal.« Sie tauschte das Wattestäbchen gegen eine Pinzette. »Was haben wir denn hier?«

Ein hauchdünnes Teilchen steckte dort fest, das sie vorsichtig von der Schleimhaut löste. Mira reichte ihr ein kleines Glasröhrchen.

»Was ist das?«, fragte Maike.

Zoe hielt sich das Röhrchen auf Augenhöhe. »Kann ich noch nicht genau sagen. Sieht aus wie ein winziger Kunststoffpartikel.«

Thomas schaute sich das Teilchen ebenfalls an. »Den müssen wir uns später unter dem Mikroskop ansehen.«

Sie übergab das Fundstück an Mira und nahm sich als Nächstes die Nase vor. »Ebenfalls wund und zudem verkrustet. Schau dir das auch mal an«, forderte sie Thomas auf, der gerade den Unterkörper nach Verletzungen absuchte. »Ich würde das als drogenbedingte Perforation der Nasenscheidewand protokollieren.« Wieder sah sie Maike an. »Kokaininduzierte Schäden.«

»Der Typ sieht nicht wie ein Junkie aus«, erwiderte Maike. Sie machte sich erneut Notizen.

»Bisher konnte ich keine Injektionsstellen finden«, sagte Thomas. »Er hat vermutlich nur geschnupft. Die Urin- und Blutproben werden dahingehend aufschlussreich sein.«

Zoe warf einen Blick auf die Lid- und Augenbindehäute und wandte sich dann den zwei Studenten zu. »Es müssen alle Körperöffnungen untersucht werden«, sagte sie und winkte Linus und Paul näher heran. »Wenn Sie in der Medizin Fuß fassen wollen, müssen Sie Ihre Berührungsängste überwinden. Also helfen Sie uns bei der Umlagerung.«

Linus schluckte. Seine Gesichtsfarbe hatte einen grünlichen Ton angenommen. Während er sich keinen Millimeter bewegte, packte Paul mit an.

»Linus, können Sie mir sagen, was wir dann als nächstes zu tun haben?« Sie wusste, dass er ein guter Theoretiker war.

Gerade jetzt brauchte er eine Motivation, damit seine Selbstzweifel nicht die Oberhand gewannen und ihn womöglich zur Aufgabe des Studiums brachten.

»Die Sektion«, stammelte er.

»Und genauer?«

»Laut Strafprozessordnung muss die Eröffnung aller drei Körperhöhlen erfolgen und von zwei Ärzten vorgenommen werden.«

Zoe nickte. »Es wird immer ein doppeltes Paar Handschuhe getragen. Darunter gegebenenfalls Schnitthandschuhe mit Kevlarfäden. Die vermiesen allerdings das taktile Gefühl. Mundschutz, OP-Häubchen, Brille oder Visier je nach Aufgabe.«

Nachdem sie den Leichnam wieder auf den Rücken zurück gedreht hatten, nahm sie von Mira das Messer entgegen. Sie führte den Y-Schnitt aus, indem sie die scharfe Schneide vom Kehlkopf bis zum Schambein zog, und zwei weitere Schnitte vom oberen Ansatzpunkt zu den Schultern vornahm. Mit einem schmatzenden Geräusch hob sie die Bauchdecke an. Sie präparierte die Haut, das Unterhautfettgewebe und drückte die Muskeln zur Seite.

»Und nun?«, fragte sie und sah auf. Doch von Linus war weit und breit nichts mehr zu sehen.

»Den Brustkorb fenstern«, sagte Paul an seiner Stelle.

Zoe griff zur Rippenschere, durchtrennte die Rippen und hob das Brustbein mit den angrenzenden Rippenteilen ab.

»Schauen wir uns mal die Organe an.« Thomas öffnete den Herzbeutel.

»Okay, ich denke ihr braucht mich jetzt nicht mehr«, sagte Maike und wandte ihnen den Rücken zu. Anscheinend sprach sie lieber mit der Wand.

Zoe hatte schon bemerkt, dass sie blasser wurde und bei den Geräuschen, die die Sektion mit sich brachte, zusammenzuckte.

»Lasst mich noch mal kurz zusammenfassen.« Maike räusperte sich, drehte sich aber nicht wieder um. »Die Todesursache hängt also mit einem Schädel-Hirn-Trauma zusammen?«

»Das wissen wir erst, wenn wir hier fertig sind«, entgegnete Zoe. »Die Untersuchung der Organe und die Eröffnung des Kopfes stehen noch aus. Ebenfalls die histologischen und toxikologischchemischen Befunde. Die kann ich dir frühestens in ein bis zwei Tagen liefern.«

Maike drehte sich wieder zu ihnen um und hob die Arme. »Dann weiß ich nicht viel mehr als gestern.«

Zoe konnte ihr ansehen, wie frustriert sie war. »Sicher ist, dass der Unbekannte kurz vor seinem Tod in eine Schlägerei verwickelt gewesen war. Und er wurde definitiv post mortem gewaschen. Ansonsten hätten die Wunden nachgeblutet.« Sie legte das Herz auf die Organwaage. »Hier wollte also jemand seine Spuren verwischen.«

»Wenn ich doch bloß wüsste, wer du bist«, flüsterte Maike. Sie betrachtete den Toten und streckte dann den Rücken durch. »Ruf mich an, falls ihr noch etwas Auffälliges findet. Ich fahre nach Niederteerbach aufs Revier und schaue, ob mir seine Tätowierungen und das Signet der Studentenverbindung weiterhelfen. Mal sehen, was Lukas in der Kiesgrube Bauglück GmbH herausfindet.« Sie nickte Zoe zu und ging Richtung Ausgang. »Ich brauche nur ein erstes Puzzleteil, verdammt noch mal.«

6. Kapitel

Maike erreichte den Parkplatz der Niederteerbacher Polizeiwache und fuhr beim rückwärts Einparken beinahe Horst über den Haufen. Er tauchte urplötzlich hinter ihrem Nissan Cube auf und versuchte, sie wild gestikulierend einzuweisen.

Sie ließ die Autoscheibe herunter. »Das ist echt nett von dir, aber solange du nicht im Weg stehst, schaffe ich das allein.«

Er kam zu ihr getorkelt und hielt sich mit beiden Händen an ihrem Außenspiegel fest. Sie befürchtete, er würde jede Sekunde abbrechen.

»Maikelein, ich hab dich schon überall gesucht.«

Seine Alkoholfahne stieg ihr in die Nase, allerdings konnte sie das nach dem Aufenthalt im Obduktionssaal nicht mehr abschrecken.

»Du, die Gabi will mich nicht in meine Zelle lassen«, beschwerte er sich lallend, nachdem sie den Motor abgestellt hatte und ausgestiegen war.

»Das ist ja unerhört«, erwiderte sie schmunzelnd und klopfte ihm mitfühlend auf die Schulter. »Was hältst du davon, wenn du dich bei dir zu Hause einfach ein bisschen ins Bett legst und ein Nickerchen machst.«

Er sprudelte mit den Lippen und tippte sich mit dem Zeigefinger aufs Kinn, als er es beim dritten Anlauf traf. »Neeee, es ist doch Weihnachten und daheim bin ich ganz allein.«

Wenn sie nicht hätte befürchten müssen, dass er sie vollkotzt, hätte sie ihn in die Arme genommen. Stattdessen hakte sie sich bei ihm unter und führte ihn Richtung Eingang.

»Weihnachten ist schon vorbei, Horst. Aber weißt du was, ich lege bei der Gabi mal ein gutes Wort für dich ein.«

Horst schwankte vor sie und tätschelte ihr wie bei einem Kleinkind das Gesicht. Sie widerstand dem Drang einen Schritt zurück zu treten.

»Maikelein.« Er wollte noch etwas sagen, sog dann aber die Luft ein und rümpfte die Nase. »Also, ich sag's dir, bevor es ein anderer tut. Du riechst heute gar nicht gut.« Seine buschigen Augenbrauen schossen in die Höhe. »Ey, das reimt sich.«

»Ja, ich hab's befürchtet. Mir hängt der Geruch von Leichen an. Wenn man bei einer Sektion dabei war, sollte man anschließend besser duschen. Ansonsten gehen einem alle mit intaktem Geruchssinn aus dem Weg.«

Sie hielt ihm die Tür auf und sah Sabine Graefe in Begleitung von Ingo Brandt in den Gang zur Polizeiwache abbiegen. Na toll. Wenn die Bürgermeisterin den Journalisten im Schlepptau hatte, konnte Maike sich schon denken, dass sie Informationen zum Leichenfund haben wollten.

»Ich sag's euch, bevor es ein anderer tut«, sang Horst, während sie ihn an den Türen vom Bürgeramt und Standesamt vorbeiführte. »Die Maike riecht heute gar nicht gut.«

Maike stieß ihn an und sagte leise. »Erzähl das gleich der Bürgermeisterin, damit sie mich in Ruhe lässt.« Sie stützte Horst und zwängte sich gemeinsam mit ihm durch den Eingang zum Revier.

»Das ganze Dorf spricht davon«, sagte Sabine Graefe gerade zu Gabi, die hinter ihrem Schreibtisch saß und am Griff ihrer Lesebrille kaute.

»Frau Pech, es ist gut, dass Sie kommen.« Sie stand auf und kam Horst und ihr entgegen. »Du solltest doch nach Hause gehen«, rügte sie ihn.

»Ich bin viel lieber bei euch«, säuselte er und schlug von ganz allein den Weg zu seiner Arrestzelle ein. »Frau Bürgermeisterin.« Im Vorbeitorkeln nahm er seinen Hut ab und hielt ihn vor seinen Mund, als er lallend flüsterte: »Lassen Sie die Maike in Ruhe. Die stinkt. Nach Leichen, wissen Sie. Ich sag's ja nur.« Er zwinkerte Maike zu und lief singend weiter. »Ich sag's euch, bevor es ein anderer tut. Die Maike riecht heute gar nicht gut.«

»Gabi, wenn du den Horst untergebracht hast, dann ruf bitte mal im Krankenhaus an und frage nach, wann Knut Bäumler entlassen wird, damit wir ihn zur Befragung vorladen können«, sagte Maike und lief mit einem kurzen Nicken an Graefe und Brandt vorbei.

Frau Graefe hielt sie am Arm zurück. »Ich benötige Antworten.«

»Tja, da sind wir ja einer Meinung. Die benötige ich auch.«

»Die Niederteerbacher haben ein Recht darauf, zu erfahren, was in unserem Dorf vor sich geht«, ergriff Ingo Brandt das Wort.

»Sobald ich es weiß, hänge ich die Infos draußen neben der Eingangstür vom Rathaus ins Infofenster«, erwiderte sie.

Brandt schnappte nach Luft, Frau Graefe stieß sie aus, und Gabi folgte Horst mit einem Schmunzeln auf den Lippen zu dessen Zelle.

»Lassen Sie uns unsere Arbeit machen«, sagte Maike noch, bevor sie ihre Zimmertür vor ihren Nasen schloss.

Sie zog ihren Parka aus und hängte ihn über den Schreibtischstuhl. Ihr sogenanntes Büro war so klein, dass ihre Klaustrophobie jedes Mal aufs Neue hochkochte. Normalerweise konnte sie die Enge nur mit offener Tür ertragen, aber gerade sah sie keine andere Möglichkeit, sich Graefe und Brandt vom Leib zu halten.

»Kann mal jemand mein Fenster kippen«, rief sie und atmete tief durch, als Gabi es schließlich vom Nebenzimmer aus öffnete. Das durch die nachträglich eingezogene Rigipswand geteilte Fenster, amüsierte sie immer noch. Wenigstens war der Fenstergriff auf der Seite von Lukas und Gabis Büro, sonst müsste *sie* ständig für die beiden die Fensteröffnerin spielen. So herum war es deutlich angenehmer.

Sie schaltete den Bildschirm ein. Ihr Smartphone legte sie auf den Schreibtisch neben sich und öffnete in der Galerie ein Foto, das den tätowierten Oberkörper des unbekannten Toten zeigte.

»Dann wollen wir doch mal sehen, ob wir den Künstler finden«, flüsterte sie und gab Kölner Tattoostudios in die Suchmaske ein.

Maike scrollte sich durch das Anschauungsmaterial der Webseiten. Wenn ein Tätowierer gut war, nahmen seine Kunden lange Wartezeiten und auch weite Anfahrtswege in Kauf. Er konnte sich wer weiß wo stechen haben lassen. Bei den

Kölner Studios merkte sie schnell, dass sie mit ihrer Recherche nicht weiterkam, und weitete ihre Suche auf Tattoo Conventions aus. Auf einer Messe waren die besten Künstler aus dem In- und Ausland anzutreffen. Vielleicht konnte sie dort den Urheber ausfindig machen.

Sie war in ihre Arbeit vertieft, als irgendwann ihr Smartphone klingelte.

»Ich hoffe, Sie haben neue Informationen für mich«, sagte sie zu Lukas, nachdem sie seinen Anruf entgegengenommen hatte.

»Angeblich hat keiner der Mitarbeiter gesehen, wie eine Leiche verladen wurde, geschweige denn, hat etwas damit zu tun«, erwiderte er.

Maike rieb sich die Stirn. »Das war ja von vornherein zu erwarten. Ich habe vorhin mit Staatsanwalt Sandro Grasso telefoniert und mit ihm das weitere Vorgehen besprochen. Er sorgt dafür, dass von allen Angestellten der Kieswerke Bauglück GmbH DNA-Proben genommen werden, um sie mit etwaigen Spuren von der Leiche vergleichen zu können.«

»Wann ist denn mit dem Testergebnis des LKW-Fahrers zu rechnen?«, erkundigte sich Lukas.

Sie seufzte. »Frühestens morgen.«

»Ich schicke Ihnen die Fotos, die ich im Kieswerk gemacht habe, schon mal per Mail und komme jetzt aufs Revier.« Er legte auf.

Sind die Nervensägen noch da?

schrieb sie Gabi eine Nachricht.

Gerade gegangen

kam die Antwort.

Maike stand auf, öffnete ihre Tür und setzte sich dann wieder an den Schreibtisch. »Ich schicke dir ein Foto von einem Signet«, rief sie Gabi zu. »Finde bitte heraus, welche Studentenverbindung dahintersteckt. Und checke auch noch mal, ob neue Vermisstenanzeigen reingekommen sind.«

Sie sah sich auf dem Smartphone die Fotos an, die Lukas ihr inzwischen geschickt hatte, und registrierte, dass die Lastwagen mit großen Baggern beladen wurden.

»Frau Pech, ich glaube, ich hab hier was«, meldete Gabi sich aus dem Nachbarzimmer.

Sie stand auf und ging zu ihr. Auf Gabis Computerbildschirm sah sie das Foto eines attraktiven blonden Mannes.

»Lars Jansen«, informierte Gabi sie. »Chef eines Ingenieurbüros. Seit drei Tagen nicht bei der Arbeit erschienen. Telefonisch können ihn seine Mitarbeiter nicht erreichen und bei ihm zu Hause macht keiner die Tür auf. Die Vermisstenmeldung kam gerade von den Kölner Kollegen rein.«

Maike schlug die Hand auf den Tisch. Als Leiche sah er zwar verändert aus, trotzdem erkannte sie ihn sofort. »Das ist unser Mann.«

Gabi nickte. »Ja, sieht ganz danach aus.«

»Notiere bitte für mich die Adresse.« Maike sprang auf und lief in ihr Zimmer, um ihren Parka zu holen.

»Soll ich Ihnen noch schnell ein paar Schnittchen machen?«, bot Gabi ihr an. Horst hörte man nebenan durch die offenen Türen schnarchen.

»Nein, danke.« Sie nahm von Gabi den Zettel entgegen. »Ruf Lukas an und gib ihm bitte auch die Adresse von Lars Jansen durch. Er soll sich dort mit mir treffen.«

Gabi griff zum Telefon. »Ach übrigens, der Bäumler wurde heute Vormittag bereits aus dem Krankenhaus entlassen.«

»Gut zu wissen.« Maike machte sich auf den Weg und drängte sich vor dem Standesamt an einer Hochzeitsgesellschaft vorbei. Wieso wurde in Niederteerbach eigentlich ständig geheiratet? Erst stand sie vor dem Nichts und jetzt wusste sie nicht, wo sie anfangen sollte. Hauptsache, sie konnte endlich mit den Ermittlungen beginnen.

Im Auto angekommen gab sie die von Gabi notierte Kölner Adresse ins Navi ein. Vermutlich würde sie vor Ort nicht die Erste sein und sollte daher vorsichtshalber Jens Bescheid geben, dass sie dort vorbeischaute.

Während sie mit ihrem Chef telefonierte, kämpfte sie sich auf der Bundesstraße durch den gewohnten Stau. Nach der stillgelegten Baustelle kam sie aber gut voran und erreichte innerhalb von 40 Minuten Köln. Weitere zehn Minuten brauchte sie bis nach Marienburg, dem Stadtteil, in dem Lars Jansen lebte – besser gesagt, gelebt hatte. Hier zu wohnen musste man sich leisten können. Maike staunte immer wieder über diese Parallelwelt im Kölner Süden mit Villen, Alarmanlagen und viel zu vielen Porschefahrern.

Sie traf zeitgleich mit Lukas ein und nahm vorsorglich für ihn und sich zwei Schutzoveralls, Schuhüberzieher und Handschuhe aus dem Kofferraum. Dann nickte sie ihm zu und betrat vor ihm den dreistöckigen Luxusneubau.

Die Polizei hatte sich bereits in die Eigentumswohnung im obersten Stockwerk Einlass verschafft und ließ Maike nach Vorzeigen ihrer Marke und dem Überziehen der Schutzkleidung passieren.

Nachdem sie ihren Chef davon unterrichtet hatte, dass es sich bei dem Vermissten um den Toten im Sand handelte, hatte dieser schon die Spusi informiert. Pöller und seine Kollegen würden bald hier auftauchen, in der Zwischenzeit achtete sie trotz der Handschuhe darauf, nichts anzufassen. Die großzügigen hohen Räume waren modern und geschmackvoll eingerichtet. Dunkler Parkettboden, weiß gestrichene Wände. Alles war groß. Die Fenster, die Eckcouch, der Flatscreen, die Zimmerpflanzen. Durch die offene Badezimmertür erkannte Maike eine runde Wanne mit Whirlpoolfunktion. Es war auffällig aufgeräumt und sauber.

»Gab es schon Kontakt zu Familienangehörigen?«, erkundigte sie sich bei der Polizistin, die sie von der Tür aus beobachtete.

Lukas stand neben ihr und tippte auf seinem Smartphone. »Herr Jansen stammt aus Schweden«, antwortete er, als die junge Frau gerade zum Sprechen ansetzen wollte. »Er hat in Deutschland studiert und sich dann in Köln niedergelassen. Nicht verheiratet, keine Vaterschaft angegeben.«

Maike nickte. »Finden Sie heraus, wer in Schweden über seinen Tod benachrichtigt werden muss und durchleuchten Sie den hiesigen Freundeskreis.« Sie sah sich noch einmal um. »Hier war außerdem eine Reinigungskraft am Werk. Zumindest kann ich mir nicht vorstellen, dass ein Mann in seiner Position die Zeit und bei seinem Verdienst die Muße hatte, hier selbst zu putzen.«

»Ach, die Frau Kriminalhauptkommissarin ist auch schon wieder zur Stelle«, sagte Walter Pöller und schob sich mit seinem Metallkoffer zwischen Lukas und der Polizistin durch die Tür. Er setzte ihn ab und stemmte die Hände in die Hüften. »Können wir loslegen?«

»Ja, allerdings werden Sie wahrscheinlich nichts finden«, erwiderte sie. »Ich bezweifle, dass Lars Jansen in seiner Wohnung ums Leben kam.«

Pöller pulte mit der Zunge zwischen seinen Schneidezähnen. »Und was mach ich dann hier?«

»Suchen Sie nach jeglichen Spuren. Es kann nicht schaden, diejenigen, die nicht zu Jansen gehören, für spätere DNA-Vergleiche vorrätig zu haben.«

Er nahm den Koffer wieder auf und ließ seinen Blick durch die Wohnung wandern. Vermutlich um sich einen Überblick zu verschaffen.

»Hat die Untersuchung der Sandfuhre noch etwas gebracht?«, erkundigte sie sich.

»Zwei meiner Kollegen sind noch immer bei der Feuerwehr in Niederteerbach und sieben dort auf deren Stellplatz den Sand«, erwiderte er. »Bis jetzt haben sie nichts gefunden und das wird wohl auch so bleiben.«

Maike nickte, hob zum Abschied die Hand und verließ die Wohnung.

»Wie geht es jetzt weiter?«, fragte Lukas im Treppenhaus.

»Wir fahren zum Ingenieurbüro. Mal schauen, was uns die Mitarbeiter über ihren Chef verraten können.«

7. Kapitel

Maike schüttelte den Kopf und atmete tief durch. Lukas fuhr voraus und hielt sich exakt an die Geschwindigkeitsbegrenzung. Sie war kurz davor, ihn leicht von hinten mit ihrem Nissan zu rammen. Da sie keine allzu enge Bindung zu ihrem fahrbaren Untersatz besaß, kam es ihr auf eine Delle oder einen Kratzer mehr nicht an. Im Gegenteil: Es war eine gute Gelegenheit, den hässlichen braunen Lack zumindest an einer Stelle loszuwerden. Vielleicht konnte sie dann sogar eine komplett neue Lackierung herausschlagen? Ihre Gedanken verselbstständigten sich. Wenn sie rein zufällig und natürlich ohne Fremdgefährdung einen kleinen Unfall baute, hatte sie sogar die Chance auf einen neuen Dienstwagen. Na ja, Korrektur, zumindest auf einen anderen. Bei ihrem Glück war allerdings nicht auszuschließen, dass sie sich dabei nicht unbedingt verbesserte. Womöglich musste sie dann mit dem Twizy vorliebnehmen.

Sie gab ein Knurren von sich und hupte. Durch die Heckscheibe des Passats sah sie, wie Lukas zusammenzuckte und sie über den Rückspiegel ansah. Doch selbst nachdem sie ihm mit gestikulierenden Handbewegungen zu verstehen gegeben hatte, dass er aufs Gas treten sollte, behielt er die fünfzig Stundenkilometer konstant bei.

»Der Junge macht mich fertig«, schimpfte sie und setzte zum Überholmanöver an, was wiederum andere Verkehrsteilnehmer hupend kommentierten.

Maike konzentrierte sich darauf, ihren Mittelfinger unter Kontrolle zu halten, schaltete ihr Autoradio lauter und schlängelte sich auf der zweispurigen Fahrbahn im Slalom zwischen den anderen Autos durch. Sie kam an der Kölner Universität vorbei und dachte unweigerlich an Zoe. Doch es waren Winterferien und sie war momentan nicht im Vorlesesaal anzutreffen.

Maikes Gedanken schweiften auch zu Billie und ihre lang zurückliegenden Pläne, gemeinsam zu studieren. Ihr wurde das Herz schwer. Es war nie dazu gekommen. Billie hatte es nicht erleben dürfen, eine Studentin zu sein.

Als sie in Lindenthal vor dem gläsernen Gebäude hielt, in dem Lars Jansens Büro war, fehlte von Lukas noch jede Spur. Sie schrieb ihm eine Nachricht, dass sie schon mit den Befragungen anfangen würde, und betrat das sechsstöckige Haus.

In der Eingangshalle stand ein Empfangstresen, hinter dem eine junge Frau ihr Dekolletee gekonnt in einem tiefen Ausschnitt zur Schau stellte. Jetzt bedauerte Maike doch, nicht auf Lukas gewartet zu haben. Sie wäre gern dabei gewesen, wie er vor Verlegenheit rot anlief und im Dialog vermutlich eisern an die Wand starrte.

Sie ersparte sich die Konversation, indem sie ihre Marke zückte und wortlos an der Brünetten vorbeischlenderte. Die ansässigen Firmen waren gut sichtbar an einer Tafel ausgeschrieben und da sich die Ingenieurbüros gleich im ersten Stockwerk befanden, nahm sie kurzerhand die Treppe.

Im Vorraum von Lars Jansens Firmenräumen erwartete sie ein weiterer Empfangstresen, der allerdings unbesetzt war. Dahinter verlief ein Gang, an den rechter Hand sechs Zimmer grenzten. Aus dem hinteren hörte sie Stimmen und lief darauf zu. Sie hatte schon beim Eintreffen einen Streifenwagen vor dem Gebäude bemerkt und war daher nicht überrascht, zwei Beamte bei den Mitarbeitern anzutreffen.

Die Polizisten konnten ihr noch nicht mehr sagen, als Gabi ihr schon beim Vorlesen der Vermisstenanzeige mitgeteilt hatte. Einzig die Info, dass nur drei von fünf Angestellten im Büro waren, gaben sie an Maike weiter.

Die zwei Herren und eine Frau, die mit ihrem aufdringlichen Parfüm den ganzen Raum ausfüllte, hatten sich hier im Aufenthaltsraum versammelt.

»Wann haben Sie Herrn Jansen das letzte Mal gesehen?«, fragte sie in die Runde, nachdem sie sich vorgestellt hatte und Lukas im selben Moment das Zimmer betrat.

Die Frau, eine adrette Mittfünfzigerin, schniefte ins Taschentuch. »Vor vier Tagen. Er war an dem Tag der Letzte im Büro. Ich hab ihm beim Gehen noch gesagt, er soll auch Feierabend machen.«

»Wie spät war das?«

»Gegen 19 Uhr.« Sie wischte sich eine Träne von der Wange und hielt sich das Taschentuch wieder vor die Nase. »Ich kann das noch gar nicht glauben. Dass er tot ist und ermordet wurde.«

»Woher wissen Sie denn, wie er ums Leben kam?«

Die Frau sah zu den zwei Polizeibeamten und Maike konnte sich gerade noch davon abhalten, mit den Augen zu rollen.

»Wie geht es denn jetzt mit der Firma weiter?«, fragte ein Kollege der Frau, der sich sein langes dünnes Haar im Nacken zu einem Pferdeschwanz zusammengebunden hatte.

»Wissen Sie, ob ihr Chef mit jemandem Streit hatte?«, erkundigte sie sich, ohne auf seine Frage einzugehen. »Gab es zum Beispiel Probleme mit einem Auftraggeber oder Auftragnehmer?«

Der andere Kollege vergrub die Daumen in seinen Jeanstaschen. »Woher sollen wir das wissen? Jansen hat sich nicht in die Karten schauen lassen. Wir hatten keinerlei Kundenkontakt, waren nur im Büro mit den Berechnungen und der Planung beschäftigt.«

Maike wandte sich an die Frau. »Wir brauchen die Auftragsbücher, in denen einzusehen ist, mit wem ihre Firma zusammengearbeitet hat – gerade auch zuletzt.«

Die Frau nickte, hielt sich beim Vorbeigehen abermals das Taschentuch vor die Nase und verließ den Raum.

Maike runzelte die Stirn und wurde sich darüber bewusst, dass die Anwesenden zu ihr Abstand hielten. Augenblicklich hatte sie auch wieder einen faulen Geruch in der Nase.

»Setzen Sie die Befragungen fort«, wies sie Lukas an, bevor sie der Frau folgte. »Wir brauchen zudem die Kontaktdaten der zwei Mitarbeiter, die heute nicht anwesend sind.«

Minuten später saß sie hinter dem Empfangstresen und blätterte in einem Ordner, in dem die letzten Bauprojekte aufgelistet waren. Dabei sprang ihr auf der zweiten Seite ein Name ins Auge, den sie kannte.

»Herr Jansen hat mit dem Niederteerbacher Bauunternehmer Johannes Roth zusammengearbeitet?«

Die Angestellte nickte. »Ja, Herr Jansen und Herr Roth vermitteln sich schon seit Jahren gegenseitig Aufträge. Ist das relevant?«

Maike stand auf und lief zurück zu dem Büro, in dem Lukas die Befragungen durchführte. Sie blieb im Türrahmen stehen und winkte ihn zu sich heran. »Ich fahre zum Bauhof von Johannes Roth. Es sieht so aus, als hätten Jansen und Roth einige Projekte zusammen umgesetzt.«

Lukas machte große Augen. »Ach, nee. Die Sandfuhre, auf der Jansens Leiche gefunden wurde, war doch für Roths Bauhof bestimmt.«

Sie nickte. »Da ist mir der Zufall dann doch etwas zu groß. Und dazu kommt, dass der Laster kein gutes Versteck für eine Leiche war. Dem oder den Tätern musste klar sein, dass der Tote beim Entladen der Fracht entdeckt wird.« Maike lief zum Ausgang. »Ich statte Herrn Roth einen Besuch ab. Bringen Sie bitte die Befragung aller Mitarbeiter zu Ende und beschlagnahmen sie die Betriebsbücher. Wir müssen Jansens Leben und seine Firma auf den Kopf stellen. Wenn ich morgen ins Revier komme, möchte ich gern schon Ergebnisse sehen.«

»Ich gebe mein Bestes«, hörte sie Lukas noch sagen, als sie bereits Richtung Ausgang eilte.

Sie hatte sich ursprünglich erst für die nächsten Tage vorgenommen, auf Roths Bauhof vorbeizuschauen, da sie bis jetzt nur die Kieswerke Bauglück GmbH als Ermittlungsansatz relevant gefunden hatte. Dass nun aber ausgerechnet der Bauunternehmer, für den die Ladung gedacht war, das Opfer besser kannte, gab ihr zu denken.

Durch den Feierabendverkehr brauchte sie ewig, um aus Köln herauszukommen, und der Stau auf der Niederteerbacher Hauptstraße war natürlich auch schon wieder vorhersehbar. Mittlerweile war es siebzehn Uhr und es dämmerte bereits. Da sie bei den Schwäfels übernachtet hatte und heute noch gar nicht zu Hause gewesen war, bekam sie ein schlechtes Gewissen, ihre Katzen so lange sich selbst überlassen zu haben. Hoffentlich stellten Crockett und Tubbs ihre Wohnung auf der Suche nach etwas Essbarem nicht allzu sehr auf den Kopf. Der überlagernde Geruch des Katzenklos war auf jeden Fall schon mal sicher. Immerhin konnten die beiden sich dann nicht mauzend über Maikes heutiges morbides Deodorant beschweren.

Im Moment hoffte Maike einfach nur, dass sie es überhaupt bis zum verabredeten Abendessen mit Zoe nach Hause schaffte. Eigentlich hatte sie ihr zuliebe noch Zutaten für ein einigermaßen gesundes Essen besorgen wollen. Aber nun musste Zoe sich eben mit dem abfinden, was Maike in ihren Vorräten finden würde. Das würde allerdings nicht viel sein.

Als sie endlich am Ortseingang von Niederteerbach ankam und den Bauhof von Johannes Roth erreichte, war es dunkel geworden. Zwei Flutlichter erhellten den an einen Mondkrater erinnernden Platz, auf dessen von Rissen und Schlaglöchern übersäten Asphalt unzählige Pfützen eine anmutende Seenlandschaft bildeten. Auf dem nicht asphaltierten Bereich konnte Roth eine Meisterschaft im Schlammcatchen veranstalten.

Es war weit und breit kein Mensch zu sehen, die verklinkerten Gebäude, in denen die Baufahrzeuge parkten und Material gelagert wurde, standen jedoch noch offen. Der eisige Wind peitschte über das weite Gelände. Sie schlug ihren Kragen nach oben, zog ihre bunte Wollmütze über die Ohren und stieg die Eingangsstufen zu dem Hauptgebäude hinauf. Im Wohnhaus der Roths, in das im Erdgeschoss das Büro integriert war, brannte Licht. Sie drückte auf den unteren Klingelknopf und als sich dort niemand meldete, betätigte sie die Wohnungsklingel.

»Ja, bitte«, drang eine Frauenstimme aus der Freisprechanlage.

»Kriminalhauptkommissarin Pech. Ist Herr Roth zu sprechen?« Es knackte, ohne dass sie eine Antwort erhielt. »Hallo?«

»Was wollen Sie denn von meinem Mann? Hat das nicht bis morgen Zeit? Wir essen gerade zu Abend.«

Maike knurrte augenblicklich der Magen. »Es ist dringend«, erwiderte sie, woraufhin wieder Stille einsetzte.

»Kommen Sie hoch«, erklang schließlich seine tiefe Stimme, und zugleich surrte der automatische Türöffner.

Sie stemmte die Tür auf, lief am Büro vorbei und die Treppe zu den Wohnräumen hinauf. Herrn Roth hatte sie bereits kennengelernt, als sie ihn an ihrem ersten Tag in Niederteerbach im Fall von Julia Stoffels befragen musste. Sein Unternehmen war damals für den Bau der Arrestzellen zuständig gewesen, hinter deren Wand die Leiche des Mädchens gefunden worden war. Seiner Frau, die ihr nun mit einem künstlich wirkenden Lächeln die Wohnungstür öffnete, begegnete sie heute allerdings zum ersten Mal.

»Pech, Kripo Köln, Außenstelle Niederteerbach«, stellte sie sich abermals vor und reichte ihr die Hand.

»Ziehen Sie bitte die Straßenschuhe aus«, entgegnete Frau Roth und beäugte ihre matschigen Sohlen mit einem strengen Blick. Sie ging zu einem in die Wand eingelassenen Einbauschrank, schob ihn auf und nahm pinke plüschige Pantoffeln heraus, die sie Maike reichte.

Nun war sie diejenige, die gequält lächelte. Dennoch streifte sie ihre knöchelhohen Doc Martens auf dem Türvorleger ab und schlüpfte in die Hausschuhe.

»Folgen Sie mir«, forderte Frau Roth sie anschließend auf und stolzierte in ihren High Heels voraus.

Maike hob eine Augenbraue und taxierte sie von unten bis oben mit ihrem Blick. Hatten die hier gerade ein Geschäftsessen? Neben ihren Absatzschuhen trug die Frau ein cremefarbenes Businesskleid, das, wie Maike neidvoll anerkennen musste, ihre schlanke Figur betonte. Die langen brünetten Haare waren zu einer aufwendigen Hochsteckfrisur aufgetürmt. Geschätzt war sie mindestens zehn Jahre jünger als ihr Mann.

Am Ende des langen Flures fiel Maike eine Glasvitrine ins Auge, die Frau Roths Sammelleidenschaft für Taschen zur Schau stellte. Sie war in Modedingen keine Expertin, aber dass diese Modelle teuer waren, erkannte selbst Maike an den bekannten Designer-Logos.

Die gesamte Inneneinrichtung war in Weiß und Gold gehalten. Einzig die gerahmten Wandbilder mit abstrakter Kunst brachten Farbe ins Spiel. Gemütlich war was anderes. Hier wirkte alles so steril, dass Maike ihre eigenen vier Wände im Vergleich sogar wohnlicher fand. Und das hieß schon was.

Entgegen ihrer Erwartung waren keine Gäste anwesend. Johannes Roth saß im Wohnzimmer allein an der Stirnseite eines langen Esstisches. Neben seinem Teller lag eine Zeitschrift, in der er blätterte, während er eine Suppe schlürfte.

»Guten Abend, Frau Pech«, sagte er, als sie sich ihm näherte. Er legte seinen Löffel ab, stand auf und reichte ihr die Hand.

Aufgrund seiner Größe schaute sie zu ihm auf. Trotz seiner Anzugshose wirkte er durch den gelockerten Schlips und die nach oben gekrempelten Hemdsärmel legerer als seine Frau.

»Bitte, nehmen Sie Platz.« Er deutete auf den Stuhl zu seiner Linken und setzte sich wieder. »Ich habe schon damit gerechnet, dass jemand von der Polizei vorbeischaut.«

»Tatsächlich? Darf ich fragen, weshalb?«

Er legte sich die Serviette über seinen beachtlichen Bauch und tauchte den Löffel in die cremige grüne Suppe. Dem Geruch nach zu urteilen handelte es sich um Brokkoli. »Na ja, immerhin war

die Sandfuhre, über die ganz Niederteerbach
spricht, für mich bestimmt.«

Seine Frau nahm ihr gegenüber, auf der anderen
Seite ihres Mannes, Platz. »Kann ich Ihnen etwas
zu trinken anbieten?«, erkundigte sie sich.

Maike knurrte derart der Magen, dass ihr ein
Teller Suppe lieber gewesen wäre. Wenn sie sich
Johannes Roths Figur ansah, handelte es sich bei
dieser wahrscheinlich nur um die Vorspeise.

»Ein Kölsch wäre nett«, erwiderte sie mit Blick
auf Roths gefülltes Bierglas.

»Nehmen Sie meins.« Roth schob es ihr zu. »Ich
habe noch nicht davon getrunken.«

Aus einem Glas schmeckte es bei weitem nicht so
gut, wie aus der Flasche. Aber es war gut gekühlt
und füllte schon mal ein wenig ihren Magen.

»Beziehen Sie regelmäßig Sand von der Kieswerke Bauglück GmbH?«, fragte sie und wischte
sich mit dem Handrücken den Schaum von der
Oberlippe.

»Ja, das tue ich. Sand ist nun mal ein Grundstoff
im Baugewerbe.«

»In welcher Beziehung stehen Sie denn zur dor-
tigen Geschäftsleitung und den Mitarbeitern?«

Er lachte. »In welcher Beziehung? Ich bestelle
Sand, fertig.«

»Keine privaten Treffen oder Gefälligkeiten, um
sich gegenseitig Aufträge zu sichern?«, hakte sie
nach.

Herr Roth legte den Löffel ab und lehnte sich zurück. »Worauf wollen Sie hinaus, Frau Pech?«

Sie zuckte mit den Schultern. »Sind wir doch mal ehrlich. In ihrer Branche kommt es auf gute Beziehungen an. Man unterstützt sich gegenseitig und profitiert davon.«

»Ist das nicht in allen Branchen so?« Er nahm den Löffel wieder auf und rührte gedankenverloren in der Suppe.

»Und natürlich muss man sich auch gegen andere behaupten«, sprach sie weiter. »Neue Aufträge sind hart umkämpft. Da entstehen schnell Feindschaften.«

Er räusperte sich. »Kommen Sie auf den Punkt.«

»Wie steht es um Ihre geschäftliche Verbindung zu Lars Jansen?«

Roth rührte immer noch in der Suppe. »Wir arbeiten schon seit einigen Jahren zusammen. Er integriert meine Firma bei der Umsetzung einiger seiner Projekte.«

Maike verengte die Augen. »Was ist passiert? Wollte er das zukünftig ändern?«

Johannes Roth runzelte die Stirn. »Nein, wieso?«

Sie trank einen Schluck. »Wie erklären Sie sich dann, dass seine Leiche auf der Sandfuhre gefunden wurde, die für Sie bestimmt war?«, ließ sie die Bombe platzen.

Er führte gerade den Löffel zum Mund und hielt mitten in der Bewegung inne.

»Um Himmels willen«, stieß Frau Roth aus und legte sich die Hand auf die Brust. »Das war Lars? Wirklich?«

Ihr Mann starrte Maike an und wirkte, als wäre er eingefroren. Schließlich zerknüllte er die Serviette, warf sie auf den Tisch, stand ruckartig auf und begann, im Raum auf und ab zu gehen.

»Sind Sie sicher, dass es sich um Lars Jansen handelt?«, fragte er, während er die Arme hob und sich mit beiden Händen seitlich die Haare glatt strich. Dabei bemerkte Maike an seinem rechten inneren Handgelenk ein Tattoo, das ihr bekannt vorkam.

Ein verschnörkelter Buchstabe mit einem Ausrufezeichen.

8. Kapitel

»Wo steckst du?«, fragte Zoe ins Telefon und schaute zu Maikes dunklen Wohnungsfenstern hinauf.

»Sorry, ich bin so gut wie da. Ich musste noch ungeplant bei einem neuen Verdächtigen vorbeischauen, aber das erzähle ich dir später. Dadurch bin ich allerdings nicht mehr zum Einkaufen gekommen und ...« Maike stockte. »Sag mal, kannst du sehen, ob Harrys Fressoase noch geöffnet hat?«

Zoe sah zum Marktplatz hinüber und ahnte schon, worauf Maike hinauswollte. »Der Fensterladen steht offen und die Tachmoiner sind noch da«, erwiderte sie.

»Prima. Besorgst du uns was zu essen? Mein Magen ist lauter als das Autoradio. Bis wir was gekocht haben, klappe ich wegen Nährstoffmangel zusammen. Also rette mich. Bin gleich bei dir.«

Maike legte auf, bevor Zoe die Chance hatte, noch irgendetwas zu erwidern. Na toll, dann wurde das heute wohl der zweite Abend mit ungesundem Essen.

Zoe zog sich die Kapuze ihres Mantels über den Kopf und lief auf die Imbissbude zu. Mit ihren Absatzstiefeln gestaltete sich das Gehen auf dem Kopfsteinpflaster schwierig und zudem waren die Steine derart rutschig, dass es ihr immer wieder die Beine wegzog. Sie sah die Schlagzeile schon vor sich. Dr. Zoe-Iyeke Schwäfel brach sich das Genick, weil sie ihre beste Freundin und Schwägerin vor dem Hungertod bewahren wollte. Dann wäre dieses beschauliche Dorf nicht nur Billie zum Verhängnis geworden, schoss es durch ihre Gedanken und verursachte ihr gleichzeitig eine Gänsehaut. Eigentlich sollten sie sich beide von diesem Ort fernhalten und versuchen, Billies Schicksal zu akzeptieren – damit abschließen. Aber es saß zu tief. Maike konnte es nicht auf sich beruhen lassen und musste ausgerechnet hierherziehen.

»Schönen Feierabend, Harry«, verabschiedete sich Bruno Schneider aka Tach gerade von dem Imbissbudenbesitzer, als Zoe dort ankam.

Sie begrüßte die Tachmoiner herzlich, das letzte Mal hatte sie die beiden während der Ermittlungen im Blausäure-Mord gesehen.

»Oh, Sie haben schon zu?«, fragte sie an Harald Petzold gewandt.

Er stützte sich mit Händen und Bauch auf seinen Tresen und beugte sich vor. »Ach, Sie sind doch Maikes Freundin aus Köln«, stellte er fest. »Kommen Sie die Maike um diese Zeit noch besuchen?«

Sie nickte. »Ich war zum Essen eingeladen. Aber Maike kam etwas dazwischen, und jetzt waren Sie eigentlich unsere letzte Chance, heute noch zu einem Abendessen zu kommen.«

»Na, da kannst du die Damen doch nicht hängenlassen, Harry«, sagte Gunnar Hansen aka Moin, dessen Schnurrbart genauso buschig war wie seine Augenbrauen.

Die Tachmoiner schienen doch noch nicht aufbrechen zu wollen, blieben neben ihr stehen und schauten Harald Petzold erwartungsvoll an.

»Ich hab schon alles ausgeschaltet und sauber gemacht«, erwiderte dieser, rückte seine Schiffchenmütze zurecht und öffnete den kleinen Kühlschrank. »Aber wenn Sie wollen, können Sie die Reste haben. Die brauchen Sie nur in der Mikrowelle noch mal warm machen.«

Zoe presste die Lippen zusammen und überdachte, was genau er mit den Resten meinte.

»Ich hab noch Currywurst und Frikadellen. Die Pommes können Sie nicht mehr essen, die sind schon pappig.«

Sie lächelte gequält. »Klingt nach einer guten Portion Junk Food. Haben Sie eventuell auch noch etwas ohne Fleisch?«

Harald zuckte mit den Schultern. »Röggelchen. Die hab ich heute Morgen ganz frisch aufgetaut.« Er griff nach einer Plastikdose, öffnete diese und inspizierte den Inhalt. »Ansonsten hätte ich noch zwei geschmierte Brote. Die hat mir meine Frau heute Mittag vorbeigebracht.«

»Da ist ja sogar ein Salatblatt mit drauf«, kommentierte Zoe, als er sie ihr zeigte.

»Und Käse«, erwiderte er. »Meine Gabi ist der Meinung, ich esse zu viel Fleisch.« Er wischte sich die Hände an der Kochschürze ab. »Wissen Sie was, wenn Sie sich nicht entscheiden können, packe ich Ihnen einfach alles ein. Das geht aufs Haus, morgen hätte ich das meiste sowieso weggeschmissen. Und die Maike mag die Currywurst auf jeden Fall.«

Maike würde für den Rest des Abends unausstehlich sein, wenn sie kein Essen mehr auftreiben konnte. Daher nickte sie und nahm das Portemonnaie aus ihrer Tasche. »Das ist sehr nett von Ihnen. Aber natürlich bezahle ich.«

Harald winkte ab. »Lassen Sie mal stecken. Unsere Kriminalhauptkommissarin muss doch bei Kräften bleiben.« Er reichte ihr eine Plastiktüte, in der er die sogenannten Reste eingepackt hatte.

»Gehen die Ermittlungen denn gut voran?«, erkundigte sich Gunnar Hansen.

»Da müsst ihr Maike fragen«, antwortete sie und wandte sich zum Gehen. »Vielen Dank noch mal.«

»Sag der Maike viele Grüße«, rief Gunnar ihr nach. »Falls sie nicht weiterkommt, helfen wir ihr gern.«

Sie wusste nichts weiter darauf zu sagen, als zu nicken.

Auch der Rückweg war auf dem Kopfsteinpflaster eine Herausforderung. Zoe war froh, vor Maikes Haustür anzukommen, allerdings fehlte von dieser noch immer jede Spur und das bedeutete, dass sie weiterhin in der Kälte auf sie warten musste. Sie entschied, sich erst mal wieder in den SUV zu setzen, da bog ein junger Mann um die Hausecke, trat zur Tür und schloss sie auf.

»Würden Sie mich bitte mit ins Treppenhaus lassen?«, bat sie. »Ich warte auf meine Schwägerin und hier draußen ist es ziemlich kalt.«

»Ja, klar.« Er hielt ihr die Tür auf und zog sich die Mütze vom Kopf, wobei rot-blonde Locken zum Vorschein kamen.

Zoe ahnte, dass es sich bei ihm um Maikes One-Night-Stand handelte. Süß war er, das musste sie ihr lassen. Und jung. Optisch gesehen konnte er nicht älter als Mitte 20 sein.

»Ich bin Philipp«, sagte er.

Sie zögerte. Durch seine lässige Art wusste sie nicht so recht, wie sie sich ihm gegenüber verhalten sollte. Sie wollte Maike nicht in den Rücken fallen. Seit Philipp ihr offenbart hatte, dass er unter ihr wohnte, bereute die nämlich den One-Night-Stand.

»Zoe Schwäfel«, erwiderte sie, schließlich hatte sie nicht vor, sich mit ihm zu duzen.

»Ich hab dich bei Maike in der Wohnung auf einem Foto gesehen«, sagte er und machte damit klar, dass er das lockerer sah. Er steckte den Schlüssel in sein Türschloss. »Willst du mit zu mir reinkommen, bis Maike da ist?«

»Äh, danke. Sie wird jeden Moment auftauchen. Ich warte hier.« Sie setzte sich auf eine Treppenstufe.

»Na dann, schönen Abend noch.« Er hob zum Abschied die Hand und verschwand in seinen vier Wänden.

Maike sollte noch einmal sagen, dass sie sich alt fühlte und ein Problem mit ihrem bevorstehenden vierzigsten Geburtstag hatte. Wenn sie mit einem so jungen Typen im Bett landete, konnte ihr Selbstbewusstsein nicht so schlecht sein, wie sie es immer darstellte.

Die Tür neben ihr öffnete sich wieder. Philipp kam heraus, setzte sich wie selbstverständlich zu ihr auf die Treppe und hielt zwei Bierflaschen in der Hand, von der er ihr eine anbot.

»Das ist nett. Aber ich trinke kein Bier«, sagte sie lächelnd.

»Kaffee, Cola, Wasser?«, fragte er. »Was willst du?«

Da er einen auf best Friends machte, überlegte sie ernsthaft, ihn nach Wein zu fragen. Doch falls er überhaupt welchen hatte, war das sicherlich keiner von den Sorten, die sie bevorzugte.

»Ich brauche nichts, danke«, entgegnete sie und war froh, als sich die Haustür quietschend öffnete.

Maike kam zum Vorschein und stockte mitten in der Bewegung, als sie Zoe neben Philipp erblickte.

»Was geht denn hier ab?«

»Zoe und ich haben uns gerade angefreundet«, erwiderte er, bevor Zoe den Mund aufbekam. »Wenn ihr wollt, könnt ihr mit zu mir kommen. Ich mache Spaghetti Bolognese.«

Maike machte große Augen. Zoe sah ihr an, dass sie über die falsch dargelegte Vertrautheit und das per du perplex war.

»Ich habe Essen besorgt«, sagte sie und hielt die Plastiktüte in die Höhe.

»Und das reicht nur für zwei«, erwiderte Maike, zog sie auf die Beine, schob sich zwischen ihnen durch und stieg die Treppe hinauf. »Schönen Abend noch, Philipp.«

Er sagte etwas. Aber Zoe konnte es nicht mehr verstehen, da sie Maike ins erste Stockwerk gefolgt war, diese sie hinter sich her in die Wohnung zog und umgehend die Tür zuknallte.

»O Mann, ist das dein Ernst? Ich hab so schon zu tun, ihn mir von der Backe zu halten und jetzt freundest du dich auch noch gleich mit ihm an.« Zoe hob die freie Hand. »Unschuldig im Sinne der Anklage. Ich wurde überrumpelt.« Sie ging in die Küche und legte die Plastiktüte auf den kleinen Tisch. »Ansonsten vielen Dank für die nette Begrüßung und das leckere Essen und dass du mich nicht hast warten lassen.«

Maike seufzte. »Tut mir leid. Das ist heute einfach nicht mein Tag.« Sie breitete versöhnlich die Arme aus. »Willst du mich gleich knuddeln oder wartest du, bis ich geduscht habe?«

Zoe rümpfte die Nase. »Ich drück dich, sobald du das Katzenklo im Griff hast und wir durchgelüftet haben.«

»Deal.« Maike hob den Daumen. »Kann ich dich überreden, Crockett und Tubbs inzwischen Futter zu geben?« Die beiden schlichen mauzend um ihre Beine.

Zoe bückte sich und streichelte ihnen übers Fell. »Mach ich.«

Die nächsten Minuten waren die beiden mit ihren Aufgaben beschäftigt, und als das tierische Chaos beseitigt war, ging Maike unter die Dusche. Zoe verteilte Harrys Essensreste auf Teller und suchte im Kühlschrank mit wenig Erfolg nach einer kleinen Salatbeilage.

»Wie machst du das, dass du trotz deines Jobs immer so gut riechst?«, drang Maikes Stimme hinter dem Duschvorhang zu ihr vor. Die winzige Küche war schon jetzt voller Dampf, weshalb sie das Essen wohl besser ins Wohnzimmer verlegen sollten.

»Ganz einfach. Gleich nach den Obduktionen duschen und Haare waschen«, erwiderte sie. »Und damit einem der Leichengeruch nicht länger in der Nase hängt, ist eine Nasenspülung hilfreich.«

Maike schob den Vorhang beiseite und hüllte sich in ein Badetuch. »Was gibt's denn zu essen?« Sie schlenderte an ihr vorbei ins Schlafzimmer.

»Für mich Brote von Gabi und für dich Currywurst mit Röggelchen, die so hart sind, dass du damit jemanden erschlagen könntest.« Sie schob Maikes Teller in die Mikrowelle.

»Wann hast du denn Gabi getroffen?«, rief Maike und begann vor sich hin zu schimpfen. »Das darf nicht wahr sein. Wenn ich deine Tochter in die Finger kriege ...«

»Was ist los?«

Maike kam zurück in die Küche. Sie trug jetzt eine Jogginghose und streifte sich gerade noch ein T-Shirt über. »Falls du bei dir in der Wäsche einen nachtblauen Spitzen-BH findest – das ist meiner. Wie es scheint hat Sarah den bei ihrem Besuch mitgehen lassen.«

Zoe verzog den Mund. »Was soll meine Große denn mit deinem BH anfangen?«

»Na, das fragst du am besten Noah.« Maike schnitt eine Grimasse und zuckte mit den Schultern, was wohl verdeutlichen sollte, dass sie sich nicht grundlos gegen Kinder entschieden hatte. »Lass dich nicht zu schnell zur Oma machen und uns jetzt endlich essen.« Sie nahm ihren Teller mit der Currywurst aus der Mikrowelle und ging voraus ins Wohnzimmer.

Es war wohl unausweichlich, dass sie sich ihre Tochter zu Hause mal wieder zur Seite nahm. Sie musste langsam akzeptieren, wie schnell sie groß wurde. Vielleicht konnte sie Mark überreden, ihr das Thema Sex und seine möglichen Folgen noch mal näherzubringen? Immerhin war er als Britta Sommer darin ein Profi. Von Frau zu Frau war es für Sarah aber wahrscheinlich dennoch angenehmer und weniger peinlich. Und im Grunde war Sarah längst aufgeklärt. Und wenn sie ehrlich zu sich war, war die Sache wahrscheinlich eh schon gelaufen.

Im Wohnzimmer setzte Zoe sich neben Maike auf die Couch und betrachtete den beinahe nadellosen Weihnachtsbaum, der nur noch an eine Fischgräte erinnerte.

»Sag jetzt nichts«, bat Maike, da sie ihren Blick bemerkt hatte. »Ich entsorge ihn die Tage.«

»Philipp ist doch sehr aufmerksam. Er hilft dir sicherlich gern, den Baum aus dem Haus zu schaffen.« Sie zuckte mehrfach mit den Augenbrauen. »Lass uns kurz über ihn reden. Du hattest mir gar nicht gesagt, wie jung er ist.«

»Willst du nicht viel lieber wissen, was mich so lange aufgehalten hat?«, wechselte Maike schmunzelnd das Thema. Ihr Lächeln verging jedoch schnell, als sie in Haralds Roggenbrötchen biss. »Alter Falter, da glaubt man ja, man beißt auf einen Stein.« Sie rieb sich die Zähne.

Zoe lachte. »Er hat mich vorgewarnt, dass er sie heute Morgen aufgetaut hat und sie nicht die frischesten sind.«

»Vielen Dank, dass du die Vorwarnung an mich weitergegeben hast.« Maike schüttelte gespielt empört den Kopf und hob zuprostend ihre Bierflasche.

Zoe war froh, dass sie sich zuvor schon mal einen Vorrat ihres Lieblingsweins mit zu Maike gebracht hatte, und trank genussvoll einen Schluck. Dann biss sie in Gabis belegtes Brot.

»Ich war bei Johannes Roth, einem Bauunternehmer aus Niederteerbach«, berichtete Maike. »Die Sandfuhre war für ihn bestimmt, und jetzt rate mal, mit wem er befreundet war.«

Zoe hob nichtsahnend die Schultern.

»Mit unserem Toten«, sagte Maike.

»Echt jetzt?«

»Jep. Sein Name ist Lars Jansen. Eine Vermisstenanzeige hat ihn offenbart. Bauingenieur aus Köln. Du kennst ihn nicht zufällig?«

Zoe schüttelte den Kopf.

»Ich hab erst nur an eine geschäftliche Verbindung der beiden geglaubt, dann aber an Roths innerem Handgelenk dasselbe Signet-Tattoo wie bei Lars Jansen bemerkt. Die beiden kennen sich aus dem Studium und waren seither gute Freunde.«

»Sieh an, sieh an.«

Maike streifte sich eine nasse Haarsträhne hinters Ohr. »Ich kann ihn schlecht einschätzen. Er war sichtlich über die Nachricht von Jansens Tod erschüttert – so als hätte er vorher wirklich nichts davon gewusst. Allerdings kann er auch einfach ein guter Schauspieler sein. Dass sie sich kannten und der Tote ausgerechnet auf seinem Sand lag, ist schon sehr verdächtig.«

»Aber warum sollte er sich selbst eine Leiche schicken? Zumal sie Freunde waren.«

»Das ist es, was ich herausfinden muss. Es kommen viele Gelegenheiten und Gründe infrage, warum eine Freundschaft brechen kann.« Maike sah nachdenklich zu Boden. »Ich habe ihn gefragt, ob Jansen mit irgendjemanden Probleme hatte. Da hat er völlig abgeblockt und mich gebeten, zu gehen.«

Zoe schob sich den letzten Bissen in den Mund. »Vielleicht steckt er in gewissen Problemen mit drin?«

Maike nickte. »Ja, vielleicht. Hast du heute noch etwas an Jansens Leiche entdeckt, das mir weiterhelfen könnte?«

»Er starb an akutem Nieren- und Leberversagen.«

»Dann haben seine Kopfverletzungen also nichts mit seinem Tod zu tun?«

»Sicherlich wurde ihm stark zugesetzt, gestorben ist er jedoch, weil seine Organe versagt haben. Ich muss noch auf die vollständigen toxikologischen Ergebnisse warten, bin mir aber schon ziemlich sicher, dass eine Vergiftung der Grund war.«

Maike verengte die Augen. »Also tatsächlich Drogen?«

»Wir haben keine Injektionsstellen gefunden, was bedeutet, dass er nur geschnupft hat. Allerdings glaube ich nicht, dass die Überdosis daher rührt.« Sie stockte. Noch fehlten ihr die Beweise, aber ihr Bauchgefühl hatte sie bisher nie betrogen. Das Kunststoffteilchen in seinem Rachen musste sie sich morgen noch mal genauer anschauen.

»Sondern?«, hakte Maike nach.

»Das sage ich dir, sobald ich es weiß. Sicher ist, dass seine Wunden vorsorglich gesäubert wurden. Die gefundenen Stofffasern stammen von einem Handtuch.«

»Dann war der Schläger wohl auch der Mörder«, überlegte Maike laut.

»Er wollte keine DNA-Spuren hinterlassen.« Sie sah Zoe an. »Gibt es irgendeinen Hinweis auf den Tatort?«

Zoe lehnte sich zurück und zog die Beine an. Die Couch war für sie beide allerdings zu klein, um es sich darauf richtig gemütlich machen zu können.

»Den Schmutz unter den Fingernägeln haben der Täter oder die Täter nicht vollständig entfernen können. Ich hab im Labor Druck gemacht und mich neben meinen Kollegen gestellt, damit er mir schon mal was liefert. Es gibt darin Rückstände von Dünger.«

»Ein Feld?«, fragte Maike.

»Oder Wald«, entgegnete Zoe und ihre Gedanken schweiften augenblicklich zu Billie. Sie seufzte. »Du wohnst mittlerweile seit einem Vierteljahr in Niederteerbach. Frustrierend, dass du noch keine neuen Erkenntnisse zu Billies Fall gefunden hast.«

Maike blickte zu Boden. Sie wirkte mit einem Mal müde und ausgelaugt. »Ja, verdammt, das ist es. Aber du wirst die Erste sein, die es erfährt, wenn es so weit ist.« Während sie sprach, klingelte ihr Smartphone. Sie warf einen Blick auf das Display, runzelte die Stirn und nahm den Anruf entgegen. »Pech, Kripo Köln, Außenstelle Niederteerbach.«

Zoe nippte an ihrem Wein und beobachtete Maike, die ihrem Gesprächspartner kurz lauschte und dann abermals ihr Display betrachtete.

»Das war Johannes Roth. Er hat mich wissen lassen, dass er morgen Vormittag zu mir ins Revier kommt und Informationen für mich hat.« Sie rieb sich den Nacken. »Er klang irgendwie panisch. Hat einfach aufgelegt, ohne mich zu Wort kommen zu lassen.«

9. Kapitel

Da Gabi ihrem Mann in dessen Fressoase gerade einen kurzen Besuch abstattete, schob Maike Gabis Stuhl an Lukas' Schreibtisch und setzte sich neben ihn. Vor ihnen stapelten sich sechs Ordner aus Lars Jansens Büro, wovon Lukas einen vor ihr ablegte und aufklappte.

»Jansen und Roth haben schon seit Beginn ihrer Unternehmerschaften gemeinsam an Projekten gearbeitet«, berichtete er. »Daran gibt es nichts Auffälliges und es ist alltäglich, dass Firmen die Vertragspartner bei guter Zusammenarbeit nicht wechseln. Die Spedition Hagen ist auch fast von Anfang an ihr Partner für die Transportwege gewesen.«

»Geben Sie mir mal die Adresse der Spedition«, bat sie Lukas und notierte diese dann in ihr Notizheft. »Haben Sie sich die finanzielle Situation von Jansens Firma schon angesehen?«

Lukas nickte. »Die ersten Jahre nach Gründung lief es eher mäßig, dann stiegen die Aufträge und somit der Gewinn an. Lars Jansen hat nach und nach fünf Mitarbeiter eingestellt.« Er öffnete auf seinem Bildschirm eine Datei und deutete auf eine grafische Darstellung, auf der die Umsatzsteigerung gut nachvollziehbar war.

»Vor zwei Jahren haben sich seine Umsätze schlagartig verdoppelt«, stellte sie fest. »Suchen Sie mir bitte mal die Aufträge heraus, die diesen hohen Gewinn zu verantworten haben. Und vergleichen Sie diese auch mit Johannes Roths Einkünften.« Sie warf einen Blick auf ihre Armbanduhr. »Ich frage mich, wo der bleibt. Er wollte vormittags hier vorbeischauen.«

Lukas zuckte mit den Achseln. »Es ist gerade zehn. Der kommt schon noch.«

»Ich hab noch anderes zu tun, als hier auf ihn zu warten.« Sie nahm ihr Smartphone zur Hand, rief die Nummer von Roths gestrigem Anruf auf und rief ihn zurück. Doch ihr Klingeln blieb ungehört. »Wenn er kommt, rufen Sie mich an«, sagte sie und stand auf. »Ich fahre jetzt erst mal zu Josef Palmer, dem Bauern, der die Leiche entdeckt hat. Da bin ich noch im Dorf und schnell wieder hier. Der LKW-Fahrer Knut Bäumler und die Spedition Hagen nehme ich mir für heute Nachmittag vor.«

»Was wollen Sie denn beim alten Palmer?«, fragte Lukas. »Der hat seine Aussage doch schon zu Protokoll gegeben.«

»Unter den Fingernägeln des Toten wurde Dreck mit Düngeranteil sichergestellt. Wenn der Lastwagen über Palmers Feldweg gefahren ist, kam es dort vielleicht zu einem Zwischenstopp und zu einer Gelegenheit, wie die Leiche auf die Sandfuhre gekommen ist.«

Maike streifte ihren Parka über, setzte die bunte Ohrenklappenmütze auf und verließ die Polizeiräume. Ihr Smartphone meldete sich auf dem Weg zum Auto. Zu ihrer Überraschung verkündete das Display den Anruf von Martin Seidel. Sie ging dran.

»Ein Berliner mit Sehnsucht?«

»Du meinst, nach der ›Hochzivilisation‹ von Niederteerbach, brennender Scheune und einer Blausäuremörderin?«, erwiderte er.

»Ich dachte da eher an sympathische Kollegen und Kolleginnen«, sagte Maike.

»Stimmt, Gabi und Lukas.« Sein Grinsen war durch die Leitung zu hören.

»Hat dein Anruf irgendeinen tieferen Sinn?«

»Ich wollte einfach mal nachfragen, wie es dir geht. Wieder ein Giftmord?«

»Nackte Leiche auf Laster.«

»Interessant. Wir haben gerade eine Leiche in Beton gefunden.«

»Hatten wir längst«, triumphierte Maike.

»In einem stillgelegten U-Bahn-Tunnel«, fuhr er fort. »Trägt die Uniform der Wehrmacht.«

»Okay, das klingt spannend.«

»Ha, wir sollten uns gegenseitig unsere Fallprotokolle zuschicken.«

Maike lächelte. »Das ist ein Deal. Die Sache mit der Uniformleiche will ich jetzt wissen.«

»Sehr gut, dann würde ich sagen, wir hören uns wieder«, sagte er.

»Alles klar. Bis bald.«

»Das ist jetzt aber ein schneller Rausschmiss.« Er lachte.

»Hey, ich habe zu tun. Du etwa nicht?«

»Ich stecke gerade fest. Am Potsdamer Platz gibt es eine Gleisstörung, meine Heimfahrt dauert heute länger.«

Maike erinnerte sich an ihre Zeit in Berlin. Am Potsdamer Platz hatte es ständig irgendwelche Störungen gegeben, die für eine Verzögerung der Bahn sorgten.

»Dann gute Fahrt.«

»Und dir noch frohe Mörderjagd. Grüß mir die anderen.« Er legte auf.

Seltsamerweise fühlte Maike sich nach dem Telefonat beschwingter als zuvor. Das Gespräch hatte ihr gutgetan. Anfangs hatte sie Martin für einen arroganten Macho gehalten und nur ungern mit ihm am Fall von Marianne Teltz zusammengearbeitet. Im Verlauf der Ermittlungen hatte sie seinen Knackarsch und die Expertise aber zu schätzen gelernt.

Mit einem Lächeln auf den Lippen stieg sie in den Nissan Cube, startete den Motor und fuhr los. Josef Palmers Hof war nur einen Katzensprung entfernt, wie alles in Niederteerbach. Durch die Abkürzung über den besagten Feldweg brauchte sie keine fünf Minuten. Den Stau hatte sie erst ins Dorf hinein wieder vor sich.

Der Dreiseitenhof der Palmers lag in einer kleinen Senke. Die Pflastersteine hatten über die Jahre ein Eigenleben entwickelt und ragten unregelmäßig aus dem Boden. Somit waren die Stolperfallen vorprogrammiert und Maike tapste schon beim Aussteigen in eine hinein.

»Vorsicht, meine Liebe«, rief Hilde Palmer, die ihre Ankunft bemerkt hatte und aus der Haustür schaute. »Nicht, dass Sie uns auf die Nase fallen.«

»Hallo, Frau Palmer.« Mit Blick auf den Boden lief sie zu ihr und reichte ihr die Hand. »Ich bin Kriminalhauptkommissarin Pech. Ist ihr Mann zufälligerweise zu sprechen?«

»Sie brauchen sich doch nicht vorzustellen, Mädel. Jeder im Dorf weiß, wer Sie sind.«

Die kleine Frau lächelte und entblößte gelbliche Zähne. Ihr weißes Haar hatte sie im Nacken zu einem Dutt zusammengesteckt. Die schmale Figur hielt sie mit einer geblümten Kittelschürze bedeckt, die unten ein kleines Stück ihrer bestrumpften Beine freigab. Ihre Füße steckten in orthopädischen Hausschuhen.

»Der Josef ist im Stall.« Sie deutete zu dem besagten Gebäude. »Sagen Sie ihm, dass das Mittagessen gleich fertig ist. Sie können gern mit uns essen. Ich habe Bohneneintopf gekocht.« Mit dem Handrücken wischte sie sich über die tropfende Nase, was Maikes Appetit nicht unbedingt steigerte.

»Das ist sehr nett, danke. Aber ich habe erst gefrühstückt.«

»Dass ihr jungen Leute immer erst so spät aufsteht. Ihr verpasst doch den ganzen Tag.« Sie winkte ab und ging zurück ins Haus.

Junge Leute? Die Frau war Maike durchaus sympathisch.

Sie überquerte wieder mit gesenktem Blick den Hof und trat durch die offene Stalltür.

»Herr Palmer?«, rief sie über das Blöken der Schafe hinweg. Es roch nach Heu und den Tieren, inklusive allem, was man mit ihnen in Verbindung brachte.

Keine Antwort.

»Herr Palmer?« Maike ging weiter hinein, vorbei an einem Heuhaufen, einer umzäunten Kuh und einer Schubkarre voller Mist. In dieser Woche konnte ihr nicht einmal ihr Deodorant helfen.

Sie sah den alten Bauern zwischen vier Schafen mit einem Rechen das Heu wenden und rief nochmals seinen Namen. Da er wieder keine Reaktion zeigte, ging sie in das Gehege und tippte ihm von hinten auf die Schulter.

»Himmel Herrgott noch mal«, schrie er und fuhr herum. »Was?« Er stockte. »Sie können sich doch nicht so heranschleichen. Sie hatten Glück, dass ich Ihnen bei dem Schreck nicht den Rechen über den Schädel gezogen habe. Ich dachte, es wäre die Hilde.«

Maike sah ihn mit gerunzelter Stirn an. Seine Frau schien an seiner Seite ein gefährliches Leben zu führen.

»Tut mir leid, ich wollte Sie nicht erschrecken.«

»Was?« Er hielt sich die Hand wie einen Trichter ans Ohr.

Das Blöken der Schafe war zwar laut, aber nicht so, dass sie nicht zu verstehen war. Er musste schwerhörig sein. Hörgeräte hatte er allerdings keine im Ohr.

Sie vermied es, mit den Augen zu rollen, nahm einen tiefen Atemzug und schrie erneut. »Können wir uns kurz draußen unterhalten?«

Er nickte. Da sie zusätzlich mit dem Daumen hinter sich zum Ausgang zeigte, konnte sie nicht sagen, ob er ihre Worte oder nur die Geste verstand.

Sie ging voraus, rutschte auf etwas Glitschigem aus und schaffte es gerade noch, sich an den Holzlatten, die die Kuh umzäunten, festzuhalten.

»Machen Sie langsam«, schimpfte Palmer. »Nachher bekomme ich noch Ärger, wenn ich Sie auf dem Gewissen habe.«

Jetzt schaffte sie es nicht mehr, das Augenrollen zu unterdrücken. An ihren Schuhen haftete ein großer Batzen der Scheiße, in die sie gerade getreten war. Den Gestank würde sie nie wieder von den Sohlen abkriegen. »Mist«, fluchte sie.

Palmer zuckte mit den Schultern. »Ja, der ist im Sommer guter Dünger für Hildes Beete.«

Maike verzog den Mund und folgte ihm nun ihrerseits nach draußen. »Wie sieht es mit Ihrem Feld aus? Mit was bedüngen Sie das?« Sie formte die Worte, damit er zur Not von ihren Lippen ablesen konnte.

»Ich bestelle Puddel.«

Sie sah ihn fragend an.

»Jauche«, setzte er sie in Kenntnis, blieb vor seiner Haustür stehen und wechselte von den Gummistiefeln in alte Straßenschuhe, die aussahen, als hätte sie vor seinen Lebzeiten schon jemand getragen. »Warum sind Sie eigentlich hier?«, fragte er in einer Lautstärke, die seine Schwerhörigkeit nochmals bestätigte. »Wegen dem Toten im Sandkipper? Oder haben Sie endlich mal meine Anzeige wegen der ständigen Falschfahrer bearbeitet?«

Maike versuchte, die Scheiße an einem Bordstein von ihren Sohlen abzustreifen. »Zum einen interessiert mich tatsächlich ihr Dünger. Und außerdem, ob es bei ihrem Feld eine Haltemöglichkeit gibt, die eventuell nicht gut einsehbar ist.«

Seine derbe Haut war voller Falten, jetzt kamen auf seiner Stirn noch weitere hinzu. »Na, beim Wald. Dort parken immer die Forstarbeiter und der Jäger. Den Roland Hammer müssen Sie sich mal vornehmen. Dem gehört der Jagdschein in seinen Allerwertesten geschoben. Der trifft den Keiler nicht einmal richtig, wenn er einen Schritt vor ihm steht.«

»Josef, wir essen«, rief seine Hilde von drinnen.

»Kommen Sie mit«, forderte er Maike auf. »Den Eintopf gibt es schon den dritten Tag und ich kann Ihnen sagen, dass sie nichts verpassen. Ich zeige Ihnen die Stelle.« Er trottete zu seinem alten Jeep, der am Ende des Hofs stand.

»Das ist nett«, rief sie, da sie sich inzwischen auf seine Schwerhörigkeit eingestellt hatte. Sie deutete auf ihr Auto. »Ich fahre Ihnen nach.«

»Nee, ich fahr Sie. Ihr Wagen ist fürs Feld viel zu schick zum Einsauen. Womöglich bleiben Sie mir dort mit den Reifen stecken. Es ist stellenweise sehr matschig.«

Sie sah zu ihrem Nissan Cube. Schick? Ihr Wagen war schon braun, da kam es auf ein paar mehr Spritzer Dreck nicht an. Allein der Gedanke, das

Auto festzufahren, brachte sie dazu, tatsächlich neben Josef Palmer in dessen Jeep einzusteigen.

Als sie im Schneckentempo vom Hof fuhren, fragte sie sich, ob das wirklich eine gute Idee war und er womöglich auch schlecht sehen konnte. Er trug keine Brille, kniff die Augen zusammen und beugte sich so weit vor, dass er fast ins Lenkrad biss. Dann bog er auf die Straße, obwohl von rechts ein Auto heranbrauste. Auf was hatte sie sich hier bloß eingelassen?

»Diese Drängler immer«, schimpfte Palmer, als der Fahrer hupte. Er hob die Faust zum Rückspiegel.

Maike hielt sich am Haltegriff fest und rutschte tiefer in den Sitz. »Sie haben ihm die Vorfahrt genommen«, ließ sie ihn wissen. »Da darf er schon mal mit einem Hupen protestieren.«

Es hupte erneut.

»Papperlapapp, das ist ein Drängler.«

Sie warf einen Blick auf den Tachometer. »Hier sind fünfzig Stundenkilometer erlaubt. Sie fahren fünfundzwanzig.«

»Der Tacho geht seit Jahren nicht mehr. Ich fahre nach Gefühl.« Er sah sie an. »Verraten Sie es keinem.«

»Schauen Sie wieder auf die Straße«, sagte sie hektisch, griff ihm ins Lenkrad und steuerte es zurück auf die richtige Fahrspur.

»Ich nutze den Jeep nur noch fürs Feld. Dafür brauche ich keinen TÜV mehr. Diese Schmarotzer ziehen einem das Geld aus der Tasche, wo sie nur können. Unser Staat verdient sich an uns dumm und dämlich und am Ende müssen wir trotzdem zusehen, wo wir bleiben.«

Maike war schon nach zwei Minuten Fahrt schweißgebadet. Sie war in ihrem Job bereits in einige brenzlige Situationen geraten. Sollte es wirklich so kommen, dass sie ausgerechnet neben Josef Palmer in dessen verrosteten Jeep den Tod fand? Hätte seine Hilde ihm heute einen Braten statt den Eintopf serviert, wäre ihr dieses Schicksal erspart geblieben.

»Sie sind so ruhig, Frau Hauptkommissarin. Ist Ihnen nicht gut?« Er bog, ohne zu blinken, auf seinen Feldweg ein, und erinnerte sich schlagartig, dass sein Jeep auch einen dritten Gang besaß.

»Sind wir bald da?«, fragte sie und hielt sich mit der freien Hand zusätzlich am Armaturenbrett fest.

Sie hatte das Gefühl, der Wagen würde auf dem unebenen Boden streckenweise abheben. Palmer schien hier jedes Schlagloch zu kennen und wich, wenn möglich, mit einem gezielten Schwenker aus.

»Da vorne ist es«, rief er und deutete zum Waldrand.

Maike zählte die Sekunden, bis er den Jeep dort zum Stehen brachte. Sie schnallte sich ab und flüchtete aus dem Wagen, als gleichzeitig ihr Smartphone klingelte und Lukas' Name auf dem Display erschien.

»Ist gerade ganz schlecht«, meldete sie sich zu Wort. »Ich bin mit Herrn Palmer im Wald und habe mein Auto noch bei ihm auf dem Hof stehen. Sagen Sie Johannes Roth, er soll morgen wiederkommen. Und dann bitte Punkt neun Uhr.«

»Äh, Herr Roth ist noch nicht da. Soll ich ihn für Sie anrufen und den Termin auf morgen verlegen?«

»Ja, machen Sie das.« Während sie telefonierte, beobachtete sie Josef Palmer, der am Waldrand seinen Acker ablief und sich immerzu mit dem Handrücken über die tropfende Nase wischte. Er und seine Frau hielten anscheinend nicht viel von Taschentüchern. Sie musste daran denken, ihm nachher zum Abschied nicht die Hand zu reichen.

»Eigentlich rufe ich an, weil ich gerade auf etwas gestoßen bin«, sagte Lukas. »Bei Roths Baufirma ging es finanziell vor zwei Jahren auch schlagartig steil bergauf.«

»Derselbe Zeitraum wie bei Lars Jansen?«, hakte sie nach.

»So ist es.«

»Welchen Aufträgen haben die beiden das zu verdanken?«

»Da blicke ich noch nicht durch. Bin dran.«

»Melden Sie sich, wenn Sie mehr wissen.« Sie legte auf und lief zu Josef Palmer, der an einer Stelle in die Hocke gegangen war.

»Sehen Sie das?« Er nahm Erde in die Hand und begutachtete den aufgewühlten Boden. »Die Wildschweine waren das. Als noch Schnee lag, hab ich hier Blut entdeckt.«

Sie half ihm auf die Beine und ließ ihren Blick bis zum Jeep und über die freie Fläche schweifen, die als Haltemöglichkeit diente. Unterschiedliche Reifenspuren waren zu erkennen. Ein Lastwagen, beladen mit einer schweren Sandfuhre, wäre hier höchstwahrscheinlich stecken geblieben. Maike nahm ihr Notizheft aus der Jackentasche.

»Wer sagten Sie nochmal, parkt hier regelmäßig?«

Sie notierte den Namen des Jägers und die der Waldarbeiter, die Josef Palmer kannte. Dann hockte sie sich selbst hin und betrachtete die matschige Erde. Das Feld ging hier in den Wald über. Kahle Sträucher säumten den Rand, bevor nackte Laubbäume und Nadelbäume aufragten. Eine feuchte Laubschicht bedeckte den Boden, vereinzelte Blätter hatte der Wind aufs Feld geweht. Auch wenn kein Schnee mehr lag, konnte sie Blutspritzer auf dem Laub erkennen.

»Sind Sie sicher, dass das Wildschweine waren?« Sie richtete sich auf und sah den alten Bauern an.

Er wischte sich wieder ohne Taschentuch die Nase. »Aufgewühlter Boden und Blut. Was sonst?«

Sie nahm ihr Smartphone zur Hand. »Hier könnte ein Kampf stattgefunden haben«, erwiderte sie und wählte die Nummer der Spurensicherung.

10. Kapitel

Ihre Kollegen hatten ihre heutigen Sektionen schon beendet, Zoe hingegen hatte noch eine mumifizierte Leiche einer Frau auf dem Tisch liegen, die vor ihrem Auffinden etwa sieben Monate in ihrer beheizten Wohnung gelegen hatte. Erst als der Verwesungsgeruch bis ins Treppenhaus des Mehrfamilienhauses vorgedrungen war, hatte ein Nachbar die Polizei gerufen.

»Es ist traurig, wie viele Menschen im Alter einsam sind und nicht einmal Angehörige haben, die sie vermissen«, sagte Mira und pustete sich eine Strähne ihres kinnlangen roten Haares aus dem Gesicht.

Zoe betrachtete den gut erhaltenen Körper. Die Beschaffenheit der Haut und des restlichen Gewebes war wie hartes, vertrocknetes Leder, an manchen Stellen auch holzartig.

Thomas eröffnete die Brust- und Bauchhöhle, wobei ihm das Gewebe teilweise unter den Händen zerbröckelte.

»Es finden sich keine Organe mehr«, sagte Zoe fürs Protokoll und sah in die leere Körperöffnung. »Sind der Fäulnis zum Opfer gefallen und schließlich haben sich Insekten daran verköstigt.«

»Und haben ihre Exkremente hinterlassen«, kommentierte Thomas. Er legte sich die Hand auf den Bauch. »Apropos. Irgendwie habe ich was Falsches gegessen.«

Hauptsächlich Speckkäfer besiedelten die Leiche und krabbelten über den Sektionstisch, obwohl sie im Vorfeld schon die meisten aufgesammelt hatten. Zoe schüttelte sie immerzu von ihren behandschuhten Händen und klopfte sie von den Ärmeln.

»Das erklärt neben dem Wasserentzug den massiven Gewichtsverlust«, entgegnete Mira. »20 Kilogramm bei 1,65 Körpergröße.«

Zoe nickte. »Wir können die Sektion an dieser Stelle beenden. Uns bröckelt das Gewebe unter den Fingern weg und die Knochen lassen auf keinerlei Gewalteinwirkung schließen. Es handelt sich um eine natürliche Mumifikation im häuslichen Milieu.« Sie trat vom Tisch zurück und zog die Handschuhe aus. »Jetzt brauche ich dringend eine Dusche. Ich habe das Gefühl, ein paar Speckkäfer sind auf mich übergesiedelt.«

»Mir spielt die Psyche auch einen Streich«, sagte Thomas. »Mich juckt es überall und außerdem muss ich jetzt dringend mal die Toilette besuchen.«

Mira schüttelte sich ebenfalls, ging zu dem Telefon, das an der Wand zu klingeln begann, zog sich die Handschuhe aus, und nahm ab. »Was gibt's?« Sie lauschte. »Wir sind gerade fertig. Moment, ich frage.« Den Hörer an die Brust gepresst, sah sie Zoe an. »Es ist eine neue Leiche reingekommen, an der wir heute zumindest schon mal eine äußere Leichenschau vornehmen sollen. Die Kollegen haben schon geduscht. Übernehmen wir das?«

Das war es dann wohl mit dem geplanten Büronachmittag. Während des Urlaubs war einiger Papierkram liegengeblieben und sie hatte gehofft, heute zumindest einen Teil davon abarbeiten zu können. Andererseits war sie es gewohnt, dass in ihrem Job nur selten etwas nach Plan lief.

»Legt mir die Leiche auf Seziertisch drei«, erwiderte sie. »Zwei Assistenten sollen sich inzwischen um die mumifizierte Frau kümmern und den Tisch reinigen.«

Mira gab die Anweisungen telefonisch weiter und bereitete schließlich den anderen Sektionstisch vor. In der Zwischenzeit verschwand Thomas auf der Toilette, und Zoe füllte das Abschlussprotokoll der beendeten Sektion aus. Dann schwang auch schon die Tür auf. Ingo und Mike, zwei Sektionsassistenten, fuhren den in einen Leichensack gehüllten Neuzugang auf einer Rolltrage herein.

»Ganz frisch geliefert«, sagte Mike. »Wir sind noch nicht einmal zur Erfassung gekommen.«

»Das übernehmen wir mit«, erwiderte Zoe. »Helft mir bitte beim Umlagern.«

Als Thomas wieder zu ihnen stieß, hatten sie den Leichnam bereits aus dem Sack befreit und auf den Sektionstisch gehoben. Es roch nach Fäkalien.

»Sind das deine … äh … Bauchschmerzen?«, fragte Mira, grinste Thomas an und machte von der Leiche erste Fotos.

»Haha.« Er begann, den Anzug des Toten sowie die restliche Kleidung aufzuschneiden und in die Plastiktüte zu stopfen, die Zoe für ihn aufhielt. »Da hat aber einer die Hosen ordentlich voll«, kommentierte er.

Mira machte sich daran, den Toten von seinen Exkrementen zu säubern.

»Himmel, was hat der gegessen?«, fragte Ingo am Nebentisch und wedelte sich Luft zu.

Er und Mike hatten die mumifizierte Frau mittlerweile umgelagert. Während Mike sie vorerst wieder in den Kühlraum brachte, säuberte er nun das blanke Metall.

»Das werden wir noch herausfinden«, entgegnete Zoe, bedeutete ihm, ab jetzt ruhig zu sein, und nickte Mira zu, damit diese das Diktiergerät einschaltete.

»Leitende Rechtsmedizinerin Doktor Zoe Iyeke Schwäfel und Doktor Thomas Schmitt, Assistenz Mira Tierbach.« Sie nannte Datum und Uhrzeit. »Wurde beim Auffinden des Toten ein Ausweisdokument sichergestellt?«, fragte sie in die Runde.

»Nein«, erwiderte Mira mit Blick auf das polizeiliche Dokument. »Der Leichnam wurde heute Morgen in Köln-Mülheim, Nähe Wiener Platz, in einem Hinterhof gefunden. Man geht von einem Raubmord aus.«

»Äußere Leichenschau von unbekanntem Mann«, sagte Thomas. »1,89 groß.« Er legte das Metermaß beiseite.

»Was zeigt die Waage?« Zoe sah Mira an.

»125 Kilo«, erwiderte diese, nachdem sie den Wert von der Digitalanzeige des Tisches abgelesen hatte.

»Geschätztes Alter zwischen 50 und 60«, setzte Zoe die Protokollierung fort. »An der Kleidung waren keine auffälligen Blutspuren zu erkennen.« Sie betrachtete den Hals des Toten und erwiderte dann Thomas' Blick, der ihr am Tisch gegenüberstand und sie über den Rand seiner Nickelbrille ansah.

»Damit ist die Todesursache ziemlich eindeutig«, sagte er.

Zoe nickte und betastete das Strangulationsmal. Es waren eindeutig Glieder einer starken Kette zu erkennen, deren Muster sich als Blutergüsse auf der Haut abzeichneten. Da der Kopf des Toten nicht beweglich war, hockte sie sich hin, um sehen zu können, ob sich die Abdrücke bis in den Nacken fortsetzten. »Er wurde von hinten attackiert«, stellte sie fest.

»Für einen Raubmord nicht ungewöhnlich«, entgegnete Thomas.

»Die Tatwaffe aber schon«, sagte sie. »Ein Schlag auf den Hinterkopf oder ein Messer in den Rücken führen schneller zum Ziel, als jemanden zu erdrosseln. Dabei muss der Täter auch mit Gegenwehr rechnen. Bei einem Überfall in der Öffentlichkeit nicht gerade sinnvoll.« Sie sah zur Wanduhr. »Die Leichenstarre ist voll ausgeprägt, die Totenflecke noch teilweise wegdrückbar. Geschätzt liegt der Todeszeitpunkt sechs bis zwölf Stunden zurück.«

»Ich messe zum Abgleich die Rektaltemperatur«, sagte Mira und schritt zur Tat. Thomas und sie halfen ihr dabei, den starren Leichnam auf die Seite zu drehen.

»Oh, oh. Ich kenne diesen Blick«, flüsterte er an Zoe gewandt, während sie den Toten gemeinsam in Position hielten. »Was denkst du?«

»Irgendwie habe ich Zweifel, dass er am Fundort getötet wurde. Aber das schauen wir uns jetzt an.«

»Er wäre nach der Attacke aus dem Hinterhalt nach vorne gefallen«, pflichtete Mira ihr bei und notierte die Rektaltemperatur. »Dann wären die Totenflecke eindeutig auf Brust, Bauch und Vorderbeinen zu finden.«

Zoe trat einen Schritt zurück und ließ ihren Blick über den leblosen nackten Körper schweifen. »Dass sie das nicht sind, lässt darauf schließen, dass er von dem Täter oder den Tätern noch bewegt wurde.«

»Oder die Flecken haben sich bei dem Transport im Leichenwagen auf dem Weg hierher noch verlagert«, hielt Thomas dagegen. »Immerhin ist er erst wenige Stunden tot.«

»Können wir das Radio einschalten?«, fragte Ingo, der nach wie vor mit einem Schwamm den Nachbartisch bearbeitete.

Mike war inzwischen zurückgekehrt und wischte dort den Boden. »Ja, hier ist es gerade sterbenslangweilig.«

»Aber bitte leise«, erwiderte Zoe, griff zur Lupe und sah sich das Strangulationsmal genauer an.

Thomas nahm Fingerabdrücke und sicherte Rückstände unter den Nägeln. Mira machte weiterhin Fotos und asservierte die Proben.

»Reicht mir mal bitte einer die Pinzette«, bat Zoe.

Ohne ihre Entdeckung unter der Lupe aus den Augen zu lassen, streckte sie die freie Hand aus.

Das Fundstück war mikroskopisch klein. Sie hatte es nur durch ein Schimmern bemerkt.

»Was ist das?«, fragte Mira, als sie es mit der Pinzette in ein Glasröhrchen gab.

Zoe hielt es gegen das Neonlicht. »Das wüsste ich auch gern.«

Kurz war sie abgelenkt, weil Mike den Obduktionssaal mit einer Karaoke-Bar verwechselte, lauthals einen Elvis-Song mitsang und sich rhythmisch mit dem Wischmopp bewegte, als wäre dieser sein Tanzpartner.

»Du hast echt einen Knall«, brach es lachend aus Ingo heraus.

Mira kicherte. »Dir ist klar, dass wir deine schiefen Töne mit auf Band haben, oder?«

Mike ließ sich nicht beirren, zuckte nur mit den Schultern und sang und tanzte weiter.

»Außer der Blinddarmnarbe und der Tätowierung gibt es keine Auffälligkeiten«, sagte Thomas, schmunzelte und schüttelte gleichzeitig über Mikes Darbietung den Kopf.

Zoes Konzentration war sofort zurück. »Welche Tätowierung?«

Er deutete auf seiner Seite des Tisches auf den Arm des Toten, weshalb sie sich vorbeugte, um das Tattoo am inneren Handgelenk des Mannes betrachten zu können.

»Das gibt es doch nicht.« Hastig trat sie zurück, zog ihre Handschuhe aus, ging zu dem Stahlregal, auf dem sie ihr Smartphone abgelegt hatte, und wählte Maikes Nummer.

»Ich warne dich vor«, meldete diese sich zu Wort. »Meine Laune ist nicht die beste, also sage mir nichts, was sie noch weiter verschlimmert.«

»Hast du dich heute Vormittag wie verabredet mit diesem Bauunternehmer getroffen?«, fragte Zoe.

»Nee, damit ging der Tag schon beschissen los. Johannes Roth ist nicht aufgetaucht und dann bin ich in Scheiße getreten, die ich nicht von der Sohle kriege. Jetzt schleppe ich den betörenden Duft mit mir herum und muss mir deshalb Lukas' Genörgel anhören. Wir stehen gerade vor der Wohnungstür des Lastwagenfahrers. Und jetzt rate, Knut Bäumler macht nicht auf.« Sie seufzte.

»Ich bin mir nicht sicher, ob ich deinen Tag verbessere oder verschlechtere«, entgegnete Zoe. »Aber du hast mir gestern Abend erzählt, dass Jansen und Roth eine identische Tätowierung haben, und bei mir liegt gerade eine wenige Stunden alte, bisher unbekannte männliche Leiche auf dem Tisch, mit einem Signet-Tattoo am inneren Handgelenk.«

Am anderen Ende der Leitung herrschte Stille.

»Maike?«

»Scheiße.« Sie atmete tief durch. »Ich weiß, das verstößt gegen die Vorschriften, aber kannst du mir ein Bild des Toten schicken.«

»Da du uns bei der Identifizierung hilfst, sende ich es dir ausnahmsweise per Mail. Das bleibt aber unter uns.«

Zoe trat zum Tisch, an dem Thomas der Leiche gerade eine Haarsträhne. Er arbeitete konzentriert, und Mira und Ingo amüsierten sich über den noch immer tanzenden Mike. Sie bemerkten nicht, dass sie das Gesicht des Toten fotografierte. Aber selbst wenn, wäre es ihnen vermutlich egal gewesen.

»Schau mal in deine Mails, sagte sie, nachdem sie das Foto abgeschickt hatte.

Wenige Sekunden später hörte sie Maike fluchen. »Verdammt, das ist tatsächlich Johannes Roth.«

»Ich habe es schon befürchtet«, erwiderte Zoe.

»Dieselbe Todesursache wie bei Jansen?«, hakte Maike nach. »Konntet ihr euch bei dem inzwischen festlegen?«

Zoe sah Thomas an, deutete zum Ausgang und verließ, auf dessen Nicken hin, den Saal. »Jansen starb nicht an den schweren Kopfverletzungen, sondern an akutem Nieren- und Leberversagen. Eine Vergiftung war der Grund. Wie es aussieht, wurde ihm die Überdosis in Form von flüssigem Kokain gewaltsam oral verabreicht.« Sie lehnte sich neben dem Eingang mit dem Rücken gegen die Wand. »Roth hingegen wurde erdrosselt, und die Polizei glaubt bislang an einen Raubmord.«

Maike gab einen Laut von sich, der sich wie eine Mischung aus einem Stöhnen und Knurren anhörte. »Das passt ja mal gar nicht zusammen.«

»Tut mir leid, dass sich die Ermittlungen für dich so schwierig gestalten.«

»Wie es scheint, habe ich zumindest den Tatort ausfindig gemacht«, erwiderte Maike. »Walter Pöller und sein Team sichern in diesen Minuten Spuren auf Josef Palmers Acker. Du weißt schon, der Bauer, der die Leiche entdeckt hat.«

»Johannes Roth wurde in Köln-Mülheim in einem Hinterhof gefunden«, ließ Zoe sie wissen. »In den Polizeiunterlagen hat Jens Breuer unterschrieben. Jens scheint in diesem Fall die Ermittlungen zu leiten.«

»Zumindest eine gute Nachricht«, sagte Maike. »Ich rufe ihn gleich an und teile ihm mit, dass es sich bei seinem Toten um Johannes Roth handelt.«

»Alles klar«, erwiderte Zoe. »Ich werde heute lange in meinem Büro sein und Überstunden schieben. Du weißt also, wo du mich findest.«

»Ich wollte eigentlich mit Lukas zur Spedition Hagen fahren.« Maike seufzte abermals. »Jetzt wird mich mein nächster Weg allerdings zu Frau Roth führen, um sie über den Tod ihres Mannes zu informieren.«

»Keine leichte Aufgabe«, kommentierte Zoe. »Aber du schaffst das.«

11. Kapitel

»Könnten Sie bitte das Fenster schließen«, bat Maike Lukas.

Sie bereute inzwischen, ihn auf dem Weg zu Knut Bäumler im Revier abgeholt zu haben. Draußen herrschten Minusgrade und obwohl er sonst eine noch größere Frostbeule als sie war, ließ er die Autoscheibe einen Spalt offen stehen und hielt das Gesicht dem Fenster zugewandt.

»Ich brauche Sauerstoff«, antwortete er. »Wie halten Sie das aus?«

Sie hob die Schultern. »Ist vielleicht so, wie wenn man Knoblauch isst. Da nimmt man den Geruch, den man ausdünstet, auch nicht selbst wahr.« Der Vergleich hinkte. Aber sie musste ihm ja nicht unbedingt verraten, dass ihr der Gestank von der Scheiße an ihren Schuhsohlen auch unentwegt in der Nase hing.

Maike drehte die Heizung höher. Noch wusste sie nicht, wohin sie als Nächstes fahren würde. Sie wählte über die Freisprechanlage die Nummer ihres Chefs.

»Nur Dringliches«, meldete sich Jens zu Wort. »Ich stecke in Ermittlungen.«

»Bei denen ich dir weiterhelfen kann«, erwiderte sie. »Ich kenne nämlich die Identität deines Toten.«

Wie zu erwarten schenkte Jens ihr seine volle Aufmerksamkeit und sie schilderte ihm in aller Kürze den Zusammenhang zu ihrem Fall, den er nicht auf Anhieb erkennen wollte.

»Wo siehst du da Parallelen, außer dass Roth und Jansen befreundet waren?«, fragte er. »Die beiden Männer kamen auf völlig unterschiedliche Weise ums Leben.«

»Der Sandtransport, auf dem Jansens Leiche gefunden wurde, war für Roth bestimmt«, sagte sie. »Nennst du das keine Parallele?« Sie regelte die Heizung herunter, da ihr auf einmal viel zu warm war. »Dein Toter wollte mich heute Vormittag treffen und mir irgendwelche Informationen geben. Findest du es nicht seltsam, dass er jetzt plötzlich auch tot ist, bevor er das tun konnte?«

Jens räusperte sich. »Ich verstehe dich. Aber es deutet nun mal bisher alles auf einen Raubüberfall hin. Die Gegend, wo es passiert ist, lässt den

Schluss definitiv zu. Wahrscheinlich ein Junkie vom Wiener Platz.«

Maike rieb sich die Stirn. »Die Frage ist doch, warum sich jemand wie Johannes Roth in einem Hinterhof in Köln-Mülheim herumtreibt?«

»Das versuche ich, nachdem ich nun weiß, um wen es sich handelt, herauszufinden. Ich halte dich auf dem Laufenden, meine Liebe.«

»Na schön. Mit deiner Erlaubnis würde ich es übernehmen und Frau Roth über den Tod ihres Mannes in Kenntnis setzen. Sie kennt mich bereits und vielleicht weiß sie, was ihr Mann mir mitteilen wollte.«

»Hab nichts dagegen.«

»Wenn ich es zeitlich hinbekomme, fahre ich heute Abend zu Zoe ins Büro. Falls du magst, komm doch dazu. Dann können wir unsere Ermittlungen bei einem Kölsch abgleichen.«

»Das ist eine gute Idee«, erwiderte er. »André ist mit der Kleinen bei seinen Eltern zu Besuch. Ohne Ehemann und Kind sind die Abende daheim zwar durchschlaftechnisch sehr erholsam, aber auch sehr einsam.« Er legte auf.

Maike legte den ersten Gang ein und warf einen letzten Blick auf Knut Bäumlers Wohnhaus, dann reihte sie sich in den fließenden Verkehr ein. Wenn er für Lars Jansens Tod verantwortlich war, konnte er nun auch Johannes Roth auf dem Gewissen haben. Aber ohne einen dringenden Tatverdacht konnte sie ihn nicht festnehmen. Vielleicht befand er sich inzwischen auf der Flucht? Oder er war einfach beim Einkaufen. Sie blähte die Wangen auf und ließ die Luft dann geräuschvoll entweichen. Es war frustrierend.

Lukas hatte seinen Laptop dabei. Er hielt ihn auf seinem Schoß und tippte unentwegt auf die Tasten. »Ich komme bei den Finanzen von Jansens und Roths Firmen nicht weiter. Johannes Roth hatte bis vor zwei Jahren massive Geldprobleme. Dann gingen die Zahlen schlagartig nach oben. Es lässt sich aber nicht nachvollziehen, woher die hohen Geldbeträge kommen.«

»Die Aufträge müssen doch zurückverfolgbar sein«, warf sie ein.

Lukas schüttelte den Kopf. »Sind sie eben nicht. Wenn ich die aufgelisteten Auftraggeber in die Suchmaske eingebe, werde ich auf holländische Postfächer verwiesen. Die Adressen gibt es, aber die Firmen scheinbar nicht. Es findet sich nicht einmal eine Telefonnummer, dass ich anrufen könnte.«

Maike runzelte die Stirn. »Hört sich nach Briefkastenfirmen an, die lediglich auf dem Papier existieren. Wie geschaffen für illegale Unternehmungen und krumme Geschäfte.«

»Sie glauben, dass Roth seine Einnahmequellen absichtlich verschleiert hat?« Da sie zu schnell abbog, warf er ihr einen tadelnden Blick zu.

»Vielleicht kommen wir der Sache langsam näher«, entgegnete sie. »Wenn Roth in irgendwelche illegalen Machenschaften verstrickt gewesen war, hat er vermutlich mit Leuten zu tun, die man nicht unbedingt als Freunde haben will.«

Lukas klappte den Laptop zu. »Und Jansen könnte als sein Geschäftspartner ebenfalls mit drinstecken«, flüsterte er gedankenverloren.

Die restliche Fahrt verbrachten sie in einvernehmlichem Schweigen. Nur einmal beschwerte Lukas sich erneut über den Gestank und jammerte, dass er durch die Zugluft fror.

Als sie schließlich auf Roths Bauhof fuhren, kollidierten sie beinahe mit einem Gabelstapler, der rückwärts aus einer Lagerhalle gefahren kam. Maike legte eine Vollbremsung hin und schlug auf die Hupe, woraufhin der Fahrer nur wenige Zentimeter vor ihrer Motorhaube stoppte und sich zu ihnen umsah.

»Es war ja nur eine Frage der Zeit, bis so etwas bei Ihrem rasanten Fahrstil passiert«, stieß Lukas aus. Seine Stimme klang seltsam schrill. Er hielt seinen Gurt umklammert und wirkte blass.

»Da kann ich doch jetzt nichts dafür.« Sie stieg aus und stapfte auf den Gabelstaplerfahrer zu. »Haben Sie keine Augen im Kopf?«

»Ikke?«, nuschelte er, nahm den Zigarettenstummel von den Lippen und stieg ab. »Passen se doch auf, wo se hinfahren. Das hier ist sozusagen ne Baustelle.«

Maike verschränkte die Arme vor der Brust. »Mein Kollege Yilmaz kann Ihnen gern sämtliche Paragraphen von Bauschutzmaßnahmen aufsagen, gegen die Sie mit ihrer Fahrweise verstoßen haben.«

Sie sah Lukas, der mittlerweile ebenfalls ausgestiegen war, auffordernd an. Doch dieser warf ihr nur einen Blick zu, der ihr verdeutlichte, dass er bei ihr anfangen würde.

Maike seufzte und wandte sich wieder an den Mann, der ihr als Kalle in Erinnerung geblieben war. Im Fall von Julia Stoffels hatte sie ihn und zwei weitere Arbeiter befragt, denn sie waren für die gemauerte Wand verantwortlich gewesen, hinter der die Leiche des Mädchens gefunden worden war.

»Hast du wieder Mist gebaut?«, fragte sein Kollege, den Maike ebenfalls schon kannte.

Der Mann mit dem Nachnamen Papst kam aus der Lagerhalle, stemmte die Hände in die Hüften und begutachtete die hauchdünne Lücke zwischen Maikes Nissan Cube und dem Gabelstapler.

»Wat is?«, ging Kalle ihn an. »Im Gegensatz zu dir, kann ik fahren.« Er deutete auf sie. »Die ist schuld.«

Maike verdrehte die Augen. »Ist die Chefin zu sprechen?« Sie blickte zum Wohnhaus mit integriertem Büro.

»Woher soll ike das denn wissen?«, stammelte Kalle, da er nun eine neue Zigarette zwischen den Lippen hielt. Er nahm wieder auf dem Gabelstapler Platz. »Wenn se nicht da ist, lässt se sich vielleicht irgendwo de Haare oder Nägel machen.«

»Kalle«, rügte der Papst ihn, obwohl er schon davonfuhr und es sicherlich nicht mehr hörte.

»Wann haben Sie denn ihren Chef zuletzt gesehen?«, fragte Maike ihn.

»Gestern Nachmittag zur Baubesprechung. Warum?«

»Hatten Sie in den letzten zwei Jahren mehr zu tun als in der Zeit davor?«, mischte Lukas sich ein.

Der Papst kratzte sich am Kopf. »Nicht mehr und nicht weniger. Gibt es ein Problem?«

Er würde noch zeitig genug erfahren, dass sein Chef tot und somit wohl auch seine langjährige Arbeit in dieser Firma beendet war. Aber es lag nicht in ihrem Aufgabenbereich, ihm das mitzuteilen. Im Fall von Frau Roth sah das allerdings anders aus.

Sie blieb ihm ihre Antwort schuldig, wandte sich ab und lief in Begleitung von Lukas zum Haus der Roths. Inzwischen war es später Nachmittag. Die Sekretärin hatte anscheinend schon Feierabend, da im Büro niemand auf das Klingeln reagierte.

Als Lukas bei der Wohnung der Roths klingelte, entriegelte die Tür, ohne dass sich jemand zu Wort meldete. Maike stieg vor ihm die Treppe hinauf und reichte Katja Roth, die sie an der offenen Wohnungstür erwartete, die Hand.

»Ich habe Sie schon auf den Hof fahren sehen«, sagte sie. »Mein Mann ist aber nicht zu Hause. Soll ich ihm etwas ausrichten?«

»Geschäftliche Termine?«, erkundigte Maike sich.

Katja Roth trug heute einen dunkelblauen Hosenanzug und ihr brünettes Haar offen. Sie erfasste es im Nacken und legte es sich nach vorn über die Schulter. »Der Terminkalender meines Mannes ist voll, da habe ich nicht über alles einen Überblick.« Sie legte den Kopf schräg. »Weshalb fragen Sie?«

Maike und Lukas wechselten einen kurzen Blick. »Wie spät hat er denn das Haus verlassen?«

Frau Roth lehnte sich gegen den Türrahmen und strich mit dem Daumen über ihre lackierten Nägel. »Vermutlich sehr früh. Ich habe noch geschlafen.«

Sie schien nicht viel mit der Arbeit ihres Mannes am Hut zu haben. Dass er gut verdiente, wusste sie jedoch für sich zu nutzen.

»Hätten Sie bitte ein Glas Wasser für mich?«, bat Maike, damit Katja Roth sie in die Wohnung ließ. Bei der Nachricht, die sie ihr jetzt überbringen musste, war es besser, gemeinsam am Tisch zu sitzen, als sich nur zwischen Tür und Angel gegenüberzustehen.

Ihrer Miene nach zu urteilen, war sie nicht begeistert. Doch die Höflichkeit siegte und sie bat Maike und Lukas herein. Da Frau Roth heute keine flauschigen Pantoffeln anbot, folgten sie ihr schließlich in Socken. Es war ein Wunder, dass sie Maike noch nicht wegen ihres mitgebrachten Fäkaliengeruchs angesprochen hatte.

In dem weitläufigen Flur fiel Maike wieder das Glasregal mit den unzähligen Taschen ins Auge. Die Designerstücke kosteten vermutlich mehr als Maikes gesamte Wohnungseinrichtung. Obwohl das natürlich kein guter Vergleich war.

Im Wohnzimmer nahm sie ein Wasserglas entgegen, bedankte sich und setzte sich unaufgefordert an den Esstisch. Lukas hatte nicht um ein Getränk gebeten und somit auch keins erhalten. Er nahm neben ihr Platz und wippte unruhig mit den Beinen. Es war offensichtlich, dass er sich unwohl fühlte.

»Bitte, setzen Sie sich doch einen Augenblick zu uns«, forderte sie Frau Roth auf.

»Ich bin gleich mit einer Freundin verabredet«, erwiderte diese und schaute vielsagend auf ihre goldene Armbanduhr. Sie ließ sich erst auf einen Stuhl sinken, als Maike in keinerlei Weise reagierte.

»Es tut mir sehr leid, Frau Roth«, begann Maike und bemühte sich um eine einfühlsame Stimme, während Lukas neben ihr bekümmert dreinblickte. »Es ist nicht leicht, Ihnen diese Nachricht zu überbringen. Aber ich muss Ihnen leider mitteilen, dass ihr Mann heute tot aufgefunden wurde.«

Katja Roth saß ihnen kerzengerade gegenüber, hob eine Augenbraue und blinzelte. »Wie bitte?« Sie legte die Hände auf den Tisch und ballte sie zu Fäusten.

»Es besteht leider kein Zweifel, dass es sich bei dem Toten um ihren Mann handelt.«

Frau Roths Unterlippe begann zu zittern, ihre Augen weiteten sich. »Was ist passiert?« Ihre Stimme war nur noch ein Flüstern.

»Die Untersuchungen laufen«, meldete sich Lukas zu Wort. »Nach bisherigen Erkenntnissen wurde er überfallen und ausgeraubt.«

Maike starrte ihn an. Bei Verhören hatte er sich bisher noch nie aktiv beteiligt. Er schien es selbst zu merken, kratzte sich am Kopf, verfiel wieder in Schweigen und schrieb etwas in sein Notizbuch.

Sie räusperte sich. »Es ist sicher kein passender Zeitpunkt, Sie das zu fragen. Für die Ermittlungen ist es jedoch wichtig. Können Sie mir sagen, was Ihr Mann mir heute mitteilen wollte?«

Katja Roth stand ruckartig auf und wischte sich eine Träne von der Wange. »Sie haben recht, das ist kein passender Zeitpunkt.« Sie verbarg das Gesicht in ihren Händen. »Mein Mann ist tot«, schluchzte sie.

»Wir müssen in die Unterlagen der Baufirma Einsicht nehmen«, sagte Maike und stand ebenfalls auf. »Kannten Sie die Geschäftspartner ihres Mannes? Gibt es vielleicht jemanden, mit dem er Probleme hatte?«

Frau Roth schüttelte unentwegt den Kopf und weinte nun bitterlich. »Nein, nein, nein. Ich weiß nichts.« Wieder hielt sie sich die Hände vors Gesicht.

»Schon gut.« Lukas erhob sich, ging zu ihr und legte ihr eine Hand auf die Schulter. »Gibt es jemanden, den wir anrufen sollen und der jetzt für sie da sein kann?«

Sie brachte als Antwort nur ein weiteres Schluchzen hervor.

12. Kapitel

Der Regen prasselte sanft gegen Zoes Bürofenster und machte ihre Müdigkeit nicht besser. Die LED-Strahler an der Decke spendeten weiß- kaltes Licht, passend zur Atmosphäre, wenn sie mal wieder abends länger im Büro bleiben musste. Sie streckte sich und gähnte. Durch die früh einsetzende Dunkelheit hatte sie das Gefühl, als wäre es bereits spät in der Nacht. Dabei verriet ihr die Wanduhr, dass es erst kurz vor zwanzig Uhr war.

Mark war von ihren Überstunden nicht begeistert, aber sie konnte es momentan nicht ändern. Wenn sie diese Woche durchzog, hatte sie das Wichtigste abgearbeitet und konnte einigermaßen entspannt ins neue Jahr starten.

Eigentlich hatte Maike die diesjährige Silvesterparty ausrichten wollen. Zoe ahnte allerdings, dass sie zu tief in den Ermittlungen steckte, um das zeitlich hinzubekommen. Am Ende saßen sie alle in ihrer kleinen Wohnung in Niederteerbach und wurden mit übriggebliebenem Essen von Harrys Fressoase verköstigt. Das Vergnügen hatten sie ja gerade erst hinter sich: Kalte Currywurst, harte Brötchen und Gabis belegte Schnitten. Bei dieser Aussicht nahm Zoe die Planung lieber selbst in die Hand. Mit Marks Hilfe würde sie das noch kurzfristig hinkriegen.

Es klopfte an der Tür, und bevor sie »herein« sagen konnte, traten Maike und Jens ein.

Zoe stand auf und ging auf die beiden zu.

»Deine Schwägerin hat mir einen Parkplatz vor der Nase weggeschnappt«, berichtete Jens und umarmte sie zur Begrüßung.

»Und dann im Regen auf dich gewartet«, verteidigte Maike sich, zog ihren Parka aus, hängte ihn über die Sessellehne, und schloss Zoe anschließend ebenfalls in die Arme.

»Ich dachte, du schaffst es eher zu mir«, sagte Zoe zu Maike.

»Musste erst noch mal nach Hause meine Schuhe wechseln. Glaub mir, es war besser so. Meine Waschmaschine kümmert sich gerade um sie.«

Zoe wusste von Maikes Missgeschick, nickte und wandte sich wieder Jens zu. »Mmh, duftet das gut.« Sie nahm ihm die Papiertragetasche vom Thai Imbiss ab. »Mir knurrt schon seit zwei Stunden der Magen.«

»Frag mich mal.« Maike schnappte ihr die Tüte weg. »Ich bin am Verhungern.« Sie zog sich die bunte Ohrenklappenmütze vom Kopf und ließ sich in den cremefarbenen Kunstledersessel plumpsen.

Jens nahm neben ihr in dem zweiten Sessel vor dem Schreibtisch Platz und Zoe setzte sich ihnen gegenüber auf ihren hochlehnigen Bürostuhl.

»O Mann, bei dem Anblick kann einem das Essen gleich wieder vergehen«, sagte Maike und deutete mit dem Kinn auf die Glasvitrine hinter Zoes Schreibtisch. Dort waren in Formalin eingelegte Organe, Haut mit Schnitt- und Schussverletzungen, Knochen und Schädel ausgestellt. Dennoch schob sie sich mit zwei Holzstäbchen eine große Portion gebratene Reisbandnudeln in den Mund und kaute mit vollen Backen.

»Ja, hat schon etwas von einem Gruselkabinett«, pflichtete Jens ihr bei. »Lasst bitte das Licht an.«

Zoe lachte. »Wollen wir nachher eine kleine Nachtwanderung durch die Leichenkühlräume machen, wenn keiner mehr im Institut ist?« Sie stocherte mit den Holzstäbchen in ihrem gebratenen Reis und sah erwartungsvoll in die Runde.

»Das ist nicht lustig.« Maike sah sie rügend an. »Allein, wenn du das sagst, hab ich schon Bilder im Kopf. Nachher träume ich noch davon.«

Zoe zuckte mit den Schultern. »Bei dem, was du in deinem Job ständig zu sehen bekommst, müsstest du doch auch inzwischen mal etwas härter sein.«

»Das wird man nie«, sagte Jens. Er hatte sich wie Maike für Pad Thai entschieden, war im Umgang mit den Stäbchen bei weitem aber nicht so talentiert.

Zoe nahm Jansens und Roths Obduktionsberichte aus ihrer Schreibtischschublade. »Okay, dann lasst uns mal loslegen. Ich bin mit meinem Papierkram noch nicht für heute durch und möchte wenigstens vor Mitternacht zu Hause sein.«

»Bei mir gibt es nichts Neues«, sagte Maike kauend. »Ich komme gerade von der Spedition Hagen. Dort kann man sich natürlich auch nicht erklären, wie Jansens Leiche auf die Sandfuhre kam. Und Knut Bäumler, der LKW-Fahrer, ist seit über zwanzig Jahren ein angesehener Mitarbeiter. Er ist aufgrund seines Schocks erst mal für eine Woche krankgeschrieben. Bei ihm zu Hause habe ich ihn allerdings nicht angetroffen. Ich versuche es morgen erneut.« Sie nahm einen Schluck aus einer der Bierdosen, die Jens mitgebracht hatte.

»Wie hat Frau Roth die Nachricht über den Tod ihres Mannes aufgenommen?«, erkundigte sich Zoe.

»Sie war völlig aufgelöst. Eine Freundin ist vorbeigekommen, um ihr beizustehen.«

»Ist sie vernehmungsfähig?«, fragte Jens. »Ich weiß, du hättest es am liebsten, dass ich dir den Fall zusätzlich übertrage. Aber du kannst nicht gleichzeitig in zwei Mordfällen ermitteln. Daher übernehme ich Johannes Roth und müsste seine Frau dringend befragen.«

Maike stellte die Pappschachtel auf den Tisch und lehnte sich zurück. Zoe sah ihr an, wie erledigt sie war.

»Kann ich nicht einschätzen. Bei mir hat sie vorhin völlig abgeblockt.« Sie sah ihn an. »Im Übrigen glaube ich immer noch, dass diese beiden Mordfälle zusammenhängen.«

»Leg mir Beweise vor, dann bekommst du die volle Verantwortung. Bis dahin werden wir eng zusammenarbeiten, okay?«

Sie warf ihm einen frustrierten Blick zu und nickte zögernd.

Zoe drehte ihren Computerbildschirm in Maikes und Jens' Richtung. »Das sind die Fotos der heutigen äußeren Leichenschau.« Sie tippte mit dem Finger auf eine Abbildung des Strangulationsmals mit deutlichen Abdrücken von Kettengliedern, und stellte das kleine Glasröhrchen mit dem gefundenen Partikel vor ihnen ab. »Ich weiß es leider noch nicht zuzuordnen.«

Maike nahm das Gläschen in die Hand und hielt es gegen das Licht. »Ich kann gar nichts erkennen, hast du dich von einer Spinne beißen lassen oder muss ich zum Augenarzt?«

Zoe reichte ihr die Lupe. »Wir sehen uns das morgen im Labor genauer an«, erklärte sie und sah zu Jens. »Gibt es schon ein Ergebnis zu den DNA-Spuren?«

»Ihr habt DNA gefunden? Wo?«, brach es aus Maike heraus. »Wieso weiß ich davon nichts?«

Jens strich sich durch sein dunkelblondes Haar, das erste graue Strähnen zeigte. »Weil wir sowieso dieses Treffen vereinbart hatten und ich es dir jetzt erzähle.«

Maike verzog den Mund.

»Wir haben an der Leiche von Johannes Roth DNA gefunden«, sagte er jetzt im offiziellen Ton und schmunzelte. »Sobald die Spurensicherung komplett abgeschlossen ist, lassen wir sie durch den Polizeicomputer laufen und mit der DNA-Datenbank abgleichen. Ganz in der Nähe vom Leichenfundort haben wir Roths Auto ausfindig gemacht. Ein Mercedes GLS. Im Wageninneren erfolgt auch noch eine Spurenanalyse.«

»Was hat er in Köln-Mülheim gewollt?«, flüsterte Maike gedankenverloren. »Wen wollte er in der Gegend vom Wiener Platz mitten in der Nacht treffen?«

Jens schnappte sich die Computermaus und scrollte durch die Fotos. »Im Bordell war er nicht. Das haben wir schon abgeklärt.«

Maike stand auf und lief zum Fenster, gegen das noch immer der Regen prasselte. »Roth hatte vor zwei Jahren massive Geldprobleme und dann gingen die Zahlen, im Übrigen genauso wie bei Lars Jansen, schlagartig nach oben.«

»Inwiefern?«, hakte Jens nach.

»Da bin ich gerade dran, aber es lässt sich nicht nachvollziehen. Wie es scheint, war Johannes Roth in krumme Geschäfte verwickelt. Zumindest stammen die hohen Summen von Briefkastenfirmen.«

Jens stand ebenfalls auf. »Das ist ja interessant.«

»Ihr solltet mal abklären, ob Roth eventuell in psychologischer Behandlung war«, meldete sich Zoe wieder zu Wort. »Zum Zeitpunkt seines Todes stand er unter hohem Beruhigungsmitteleinfluss. Nachdem seine Identität geklärt war, hat die Staatsanwaltschaft umgehend die Obduktion veranlasst. Todesursache war definitiv Ersticken durch Strangulation.«

Maike zog ihr kleines Notizheft aus der Gesäßtasche. »Na ja, die Nachricht vom Tod seines Freundes hat ihn schwer getroffen. Gut möglich, dass er sich da mit Tabletten selbst therapiert hat.«

Zoe öffnete die Datei der toxikologischen Auswertung, die ihr der Kollege aus dem Labor, auf

ihre Bitte hin und durch die klitzekleine Beste-
chung mit selbstgebackenen Dinkelkeksen,
schnellstmöglich geliefert hatte. Sie deutete auf
die grafische Darstellung auf dem Bildschirm.
»Die Blutwerte sind eindeutig. Herr Roth hatte
eine so hohe Dosis genommen, dass allein die ihn
das Leben hätte kosten können.«

Jens atmete tief durch. »Ich kontaktiere morgen
seinen Hausarzt, danach wissen wir mehr.«

»Ist dir eigentlich klar, dass dein Arbeitsumfeld
schon irgendwie creepy ist?«, fragte Maike, die
wieder durch die Fensterscheibe nach draußen
ins Dunkel schaute. »Tagsüber hat ein Friedhof ja
durchaus etwas Beruhigendes. Aber nachts. Durch
die Grablichter wirkt es echt gespenstig. Die dunklen Silhouetten der Grabsteine, dazu die wanken-
den Äste.« Sie strich sich über den Arm. »Da bekomme ich Gänsehaut.« Ihr Smartphone begann
zu klingeln. Während sie zum Sessel ging und es
dort aus ihrer Jackentasche fischte, fiel ihr Blick
erneut auf die Glasvitrine. »Und obendrein noch
deine gruselige Sammelleidenschaft.«

Zoe grinste und hob die Schultern.

Maike grinste zurück und hielt das Smartphone
ans Ohr. »Pech.« Sie lauschte kurz und stellte
schließlich auf Lautsprecher.

»… sitzt einem die Kälte in den Knochen«,
schimpfte eine Männerstimme, die Zoe sofort dem

Kriminaltechniker Walter Pöller zuordnen konnte. »Wir haben Spuren vom Ackerboden gesichert und die Blutspritzer konnten wir bis in den Wald verfolgen. Wenn es sich tatsächlich um menschliches und kein Tierblut handelt, wurde das Opfer nach meiner bisherigen Einschätzung dort auf einem alten Jägerstand versteckt.« Pöller hustete. »Sehr morsch, man hat Schiss, dass die Leiter unter einem zusammenkracht. Wahrscheinlich wollten der oder die Täter sichergehen, dass die Leiche nicht von Wildtieren gefressen wird.«

Zoe runzelte die Stirn. »Das ist seltsam. Normalerweise kommt es einem Mörder doch gelegen, wenn sich die Tiere darum kümmern, die Leiche zu beseitigen.«

»Wer ist das?«, fragte Pöller.

»Ich sitze gerade mit dem ersten Kriminalhauptkommissar Jens Breuer und der leitenden Rechtsmedizinerin Zoe Iyeke Schwäfel zusammen«, informierte Maike ihn. »Die beiden hören mit.«

»Zoe hat recht«, sagte Jens. »Um eine Leiche zu verstecken, sollte man sie bestenfalls vergraben.«

»Machen Sie das mal bei dem vereisten Boden derzeit, ist eine Schinderei«, merkte Pöller an und hustete wieder. »Vielleicht wurde der Täter gestört?«

Maike schüttelte den Kopf. »Dann hätte er auch keine Zeit mehr gehabt, die Leiche auf den Försterstand zu hieven.« Sie machte sich abermals Notizen.

Zoe lehnte sich zurück und verschränkte die Finger ineinander. Sie fand es spannend, den Ermittlern zuzuhören.

»Aber eine andere Erklärung gibt es nicht«, warf Jens ein.

»Es sei denn ...« Maike tippte sich mit dem Zeigefinger gegen das Kinn. »Der Täter hat die Leiche später noch gebraucht und wollte sie nur zwischenlagern.«

Darauf wusste niemand etwas zu sagen.

Maike seufzte. »Der alte Palmer wettert die ganze Zeit über den Jäger, von dem unter anderem auch Reifenspuren neben dem Feld am Waldrand zu finden sind. Nach den neuen Erkenntnissen werde ich mir diesen Jäger morgen ebenso wie Knut Bäumler vornehmen.« Sie sah Jens an. »Ich würde sagen, damit habe ich einen zweiten Tatverdächtigen.«

»Ich mach dann jetzt mal Feierabend«, meldete sich Walter Pöller noch mal zu Wort. »Wenn Sie wollen, dass ich Sie weiterhin leiden kann, Frau Hauptkommissarin, dann bestellen Sie mich die letzten Tage des Jahres bitte nicht mehr an einen Tat- oder Fundort, an dem ich mir die Eier abfriere. Schönen Abend noch.« Er legte auf.

Einen kurzen Moment lang herrschte Stille. Jeder hing seinen Gedanken nach, wobei Zoe die Obduktionen der beiden befreundeten Männer noch einmal durchdachte.

»Ich würde euch wirklich gern helfen, weiß allerdings nicht, wie. Lasst mich meine Befunde noch mal kurz zusammenfassen.« Zoe stand auf, lief um den Tisch herum und setzte sich vor Maike und Jens auf die Tischkante. Die Beiden saßen inzwischen wieder in den Sesseln. »Johannes Roth wurde von hinten erdrosselt. Der Abdruck von Kettengliedern auf seinem Hals war diesbezüglich deutlich zu erkennen. Anhand der Totenflecke kann ich sagen, dass seine Leiche definitiv bewegt wurde.« Sie biss sich auf die Lippe. »Er wurde nicht bäuchlings gefunden, wie er es bei dem Angriff aus dem Hinterhalt hätte tun müssen. Heißt, er wurde später in dem Hinterhof noch einmal umgelagert oder dort war nicht der Tatort.«

»Das kann ich dir beantworten«, entgegnete Jens. »Der erste Zeuge hat ihn auf dem Bauch liegend vorgefunden und dann umgedreht, um nachzusehen, ob er noch lebt. Wir sind inzwischen mit den Zeugenbefragungen durch.«

Zoe biss sich erneut auf die Lippe und sah Maike an. »Jetzt zu Lars Jansen. Der musste vor seinem Tod heftige Kopfverletzungen einstecken. Seine wunden Fingerknöchel zeigen seine Gegenwehr.

Er starb aber nicht deshalb, sondern an einer Vergiftung.« Sie stockte. »Dabei fällt mir ein …« Sie ging wieder um ihren Schreibtisch herum, setzte sich und loggte sich in den Server vom Labor ein. »Mal schauen, ob sie inzwischen etwas über den Kunststoffpartikel herausgefunden haben, den ich in seinem Rachen gefunden habe.«

Maike und Jens kamen auf ihre Tischseite und schauten ihr über die Schulter.

»Da haben wir es.« Sie drehte sich mit ihrem Schreibtischstuhl um, weshalb die beiden einen Schritt zurückwichen. »An dem PVC-Teilchen wurden Rückstände von Algen gefunden.«

Jens runzelte die Stirn. »O Mann, ein Kunststoff, der mit Wasser und somit mit Algen in Berührung kam. Das kann alles mögliche sein.«

»Vielleicht eine Flasche, die im Fluss getrieben ist«, überlegte Maike laut. »Oder irgendein Schlauch?«

Zoe nickte. »Ein flexibler Schlauch ist am wahrscheinlichsten, denn das Kokain wurde ihm über den Rachen verabreicht. Wir haben die Droge nicht nur im Blut nachweisen können, sondern auch in tödlicher Menge in seinem Mageninhalt.«

»Über einen Schlauch kann es ihm nur in flüssiger Form gewaltsam eingeflößt worden sein«, schlussfolgerte Maike. Sie sah Jens an.

Sein Smartphone begann zu klingeln, als er gerade etwas erwidern wollte. »Gebt mir einen Moment.« Er zog es aus seiner Jeanstasche, warf einen Blick auf das Display und nahm den Anruf entgegen. »Breuer.« Während er nun im Raum auf und ab lief, bewegten Zoe und Maike sich nicht vom Fleck. »Ganz sicher ein Treffer? Um wen handelt es sich?« Er ging zum Sessel, nahm seinen Mantel und sah auf seine Armbanduhr. »Ich bin in zehn Minuten bei euch.«

Nachdem er den Anruf beendet hatte, wandte er sich ihnen zu und legte einen bedeutungsschweren Blick auf.

»Was ist los?«, fragte Maike.

»Wir haben ein Match in der Datenbank. Die auf Johannes Roth gefundene DNA gehört zu einem vorbestraften Dealer.«

13. Kapitel

Maike saß seit einer halben Stunde in einem Konferenzraum im Polizeipräsidium in Köln und lauschte neben acht anderen Kollegen Jens' Anweisungen. Inzwischen war es fast 22 Uhr, doch alle waren hochkonzentriert.

Auf einer Leinwand waren Fotos von Dirk Tauscher zu sehen, einem großen, durchtrainierten Mann mit Glatze und Vollbart. Auf einem Bild sah man ihn in Jeans und Sakko, auf einem anderen beim Bodybuilding.

»Tauscher hat in seinen Zwanzigern eine über fünf Jahre andauernde Haftstrafe wegen Körperverletzung und Drogenhandel abgesessen«, berichtete Jens. »Heute ist er 42 Jahre alt, hat eine Langzeitfreundin und mit ihr eine 9-jährige Tochter. Er ist Besitzer eines Fitnessstudios, in dem er selbst trainiert.«

»Wir sollten ihn nicht im Beisein des Kindes festnehmen«, warf Polizeihauptkommissarin Christina Weiß leicht lispelnd ein.

Die schlanke Frau hatte ihr langes blondes Haar zu einem lockeren Pferdeschwanz gebunden und drehte eine Strähne immerzu um ihren Zeigefinger.

»Freundin und Tochter leben im Kölner Umland in seinem Haus«, erwiderte Jens und scrollte über ein Tablet. »Tauscher hält sich wochentags in seiner Wohnung in der Innenstadt auf. Dort bekommt er übrigens oft Damenbesuch.«

»Alter Falter, ich wusste gar nicht, dass es hier wie in Niederteerbach zugeht«, sagte Maike. »Dabei habt ihr noch nicht einmal eine Gabi, die die Gerüchteküche am Laufen hält. Obwohl, bei ihr weiß man nie. Vielleicht hat sie auch in Köln ihre Connection. Hat sie ihre Finger im Spiel, oder woher wisst ihr das alles?«

»Ich muss dich enttäuschen – keine Gabi in Köln. Tauscher wurde schon mal wegen eines anderen Falls beschattet. Vor zwei Jahren hatten wir ihn unter Verdacht, dass er Drogen nach Köln schmuggelt, im großen Stil. In diesem Zuge wurde er monatelang observiert. Aber dann hat die Drogenfahndung einen Handelsweg und ein großes Drogenlager hochgehen lassen, doch ihm konnte keine Beteiligung nachgewiesen werden.«

Maike nickte. »Ich würde vorschlagen, wir holen ihn uns jetzt gleich und warten nicht bis morgen früh. Die Vernehmung gestaltet sich einfacher, wenn er schon müde ist.«

Jens sah sie eindringlich an. »Fühlst du dich noch fit genug, die Vernehmung zu leiten? Du hast ein Talent dafür. Daher hätte ich es gern, dass du das übernimmst.«

Sie stand auf. »Ja, schnappen wir uns den Kerl.«

Alle Augen richteten sich auf Jens.

»Liegt der Durchsuchungsbeschluss vom Gericht inzwischen vor?«, fragte er an Polizeihauptkommissarin Weiß gewandt.

Diese nickte. »Aber noch kein Haftbefehl. Nach der vorläufigen Festnahme kommt es auf das Ergebnis der Vernehmung an, ob das zuständige Gericht über Freilassung entscheidet oder Untersuchungshaft anordnet. Der Staatsanwalt Sandro Grasso ist involviert.«

»Dann los. Unser Ziel ist die Spichernstraße«, erklärte er.

Maike fuhr in seinem Passat mit, die anderen folgten in zwei Vans. Die Anspannung war greifbar. Jens sagte kein Wort und Maike ging in Gedanken bereits die bevorstehende Vernehmung durch. Dirk Tauscher würde sicherlich nicht kooperativ sein, aber sie war gut darin, Informationen aus Leuten herauszukitzeln. Seine DNA wurde auf Johannes Roths Leiche gefunden. Da konnte er sich nicht einfach herausreden.

Kurz bevor sie Tauschers Wohnhaus erreichten, schalteten sie das Blaulicht aus. Sie parkten drei Häuser zuvor und näherten sich dem vierstöckigen Haus, in dem er lebte, im Laufschritt.

Sein Name stand auf dem obersten Klingelschild. Jens drückte auf das unterste, um sich über einen anderen Bewohner Zugang zum Treppenhaus zu verschaffen.

»Scheiße, das ist er«, stieß Polizeihauptkommissarin Weiß aus. Sie deutete ein Stück die Straße runter.

Als Maike sich umdrehte, sah sie gerade noch, wie ein großer, stämmiger Mann davonrannte. Er hatte zweifellos ihren Aufmarsch vor seinem Wohnhaus gesehen.

»Zugriff«, rief Jens und alle setzten sich in Bewegung.

Um die späte Uhrzeit waren nur noch wenige Fahrzeuge unterwegs. Sie rannten mitten auf der Straße, drei Kollegen schneller als andere. Jens war vorn dabei, Maike fiel immer weiter zurück. Und dann verloren sie den Tatverdächtigen auch noch aus den Augen, da er in den schlecht beleuchteten Stadtgarten flüchtete.

Am Eingang zum Park blieb Maike stehen, stemmte die Hände auf die Knie und rang nach

Atem. Die Kollegen hatten sich mittlerweile in alle Richtungen verstreut. Anscheinend wusste keiner, welchen Weg Tauscher gewählt hatte.

Sie rannte weiter. Das spärliche Licht der LED-Laternen machte die Suche nicht einfacher, wobei davon auszugehen war, dass sich Tauscher von den Lichtquellen fernhielt und sich entlang dunkler Flächen am Rande durch den Park schlug.

War er bewaffnet? Vorsichtshalber zog sie ihre Dienstwaffe aus dem Gürtelholster, hielt sie aber gesichert, falls noch Zivilisten unterwegs waren.

Immer wieder legte sie eine Pause ein, drehte sich um die eigene Achse und versuchte, in der Finsternis eine Gestalt auszumachen. Ihr Herz raste in der Brust. Obwohl ihre Kollegen in der Nähe waren, zuckte sie beim Knacken eines Astes zusammen und hörte plötzlich aufgebrachte Rufe.

»Stehen bleiben!«

»Keine Bewegung!«

»Ergeben Sie sich!«

Mehrere Stimmen vermischten sich und sie glaubte, in einer von ihnen die von Jens herauszuhören.

Auf dem Weg dorthin traf sie auf einen Kollegen und Christina Weiß. Sie hatten auch ihre Pistolen gezogen und rannten gemeinsam mit ihr zu dem unüberhörbaren Tumult. Noch immer schrien die Männer. Und dann erblickte sie Jens, der hinter einem Zaun auf den Bahnschienen stand. Zwei Kollegen hielten den Flüchtigen neben den Gleisen am Boden und legten ihm Handschellen an, wobei er sich vehement wehrte und sie beschimpfte.

Da Christina Weiß und ihr Kollege sich daran machten, den Zaun zu erklimmen, blieb Maike nichts anderes übrig, als ihnen nachzueifern. Sie brauchte deutlich länger als die beiden und dachte an das leckere Pad Thai und an den Marzipanvorrat in ihrer Schublade. Sie musste zukünftig wieder mehr Sport treiben.

»Was wirft man mir vor?«, brüllte Tauscher. »Ich werde Sie verklagen.«

Die Männer zogen ihn auf die Beine, nahmen ihn in ihre Mitte und hielten ihn an den Armen fest.

»Sie sind wegen Mordverdachts vorläufig festgenommen«, sagte Jens.

»Mordverdacht? Wollen Sie mich verarschen?«

Jens sagte die übliche Belehrung auf. »Die Details erfahren Sie im Polizeipräsidium. Dort haben wir viel Zeit, um uns zu unterhalten.« Er sah zu Maike. Sichtlich erleichtert, dass Tauscher nicht entkommen war.

Dem Tatverdächtigen entging die wortlose Zwiesprache zwischen Jens und ihr nicht. Als sie ihn, an ihr vorbei, abführten, warf er ihr einen derart vernichtenden Blick zu, dass sich ihr die Haare im

Nacken aufstellten. Diesen Mann umgab eine unangenehme Aura. Selbst ein giftiger Pilz versprühte mehr Charme als er.

»Das wäre beinahe schiefgelaufen«, sagte Jens und sah den Männern nach. Er atmete tief durch. »Es ist gut, dass André mit Emily zu seinen Eltern gefahren ist. Das wird eine lange Nacht.«

Maike lief los. »Ich hoffe, ihr macht im Präsidium besseren Kaffee als Gabi im Niederteerbacher Revier.«

Jens lief neben ihr. »Hast du dich inzwischen eingelebt?«

»Am Kaffee liegt es sicher nicht. Aber es ist kaum zu glauben, das habe ich tatsächlich. So langsam kann ich mich dort mit allem gut arrangieren.«

»Bist du mit deiner Recherche zu Billies Fall weitergekommen? Immerhin war sie der Hauptgrund, warum du dich hast nach Niederteerbach versetzen lassen.«

»Leider nein. Mir kommen immer aktuelle Fälle dazwischen. Ich hätte nicht gedacht, dass in einem so kleinen Nest so viel passiert. So langsam verstehe ich die Bemühungen von der Graefe, die Kripo vor Ort zu haben.«

Durch eine Lücke im Zaun gelangten sie wieder zurück in den Stadtgarten. Die Kollegen hielten Tauscher weiterhin im festen Griff und gingen mit ihm voraus. Dabei schimpfte dieser ununterbrochen und zerrte an seinen Handschellen.

Maike schüttelte über sein aggressives Verhalten den Kopf. Sie fragte sich, wie er als Kind aufgewachsen war, und welche Umstände ihn zu einem solchen Menschen hatten werden lassen. Ihre eigene Kindheit war wohlbehütet und sorgenfrei gewesen. Zumindest bis zu dem Tag, an dem ihre Freundin spurlos verschwand. In dieser verhängnisvollen Nacht hatte Maikes heile Welt Risse bekommen. Vermutlich würde sie heute ein anderes Leben führen, wenn sie sich damals als 16-Jährige nicht mit Billie und Zoe nachts aus dem Niederteerbacher Landschulheim fortgeschlichen hätte, um aus Neugierde einen Joint zu rauchen. Wenn Billie bei Zoe und ihr geblieben und nicht zum Pinkeln in den Wald gelaufen wäre. Wenn Billie verdammt noch mal weiterhin bei ihnen und am Leben wäre.

Sie strich sich fröstelnd über die Ärmel ihres Parkas. Das Erlebnis und der Verlust hatten etwas mit ihr gemacht. Ihre Entwicklung und Entscheidungen beeinflusst. Vielleicht sogar dahingehend, dass sie heute diesen Job machte. Billies Entführer und wahrscheinlich Mörder war noch irgendwo da draußen. Sie hatte sich geschworen, diesen Bastard eines Tages hinter Gitter zu bringen. Bevor sie nicht wusste, was damals genau mit Billie passiert war und den Verantwortlichen zur Rechenschaft ziehen konnte, würde sie keine Ruhe finden.

»Alles okay bei dir?«, fragte Jens neben ihr und musterte sie. »Du bist so still.«

Sie nickte nur, zwang sich dazu, sich wieder auf das Hier und Jetzt zu konzentrieren und beschleunigte ihre Schritte.

Schließlich erreichten sie Jens' Auto. Dirk Tauscher wurde in einem der Vans untergebracht. Dann fuhren sie in Kolonne zurück zum Polizeipräsidium.

»Was brauchen Sie?«, fragte Christina Weiß, als sie neben ihr die Eingangsstufen hinauflief.

»Kaffee. Literweise guten Kaffee.«

Die Polizeihauptkommissarin lächelte. »Das lässt sich einrichten.«

»Ist die Staatsanwaltschaft verständigt?«, fragte Maike.

Jens lief vor ihr, drehte sich zu ihr um und deutete zum Parkplatz. »Ja, und ihr schönster Vertreter ist schon eingetroffen. Das sieht nach Sandro Grassos Auto aus.«

Der Staatsanwalt saß allein im Konferenzraum und ging die Akte zum Fall noch einmal durch. Falls er sich darüber ärgerte, zu so später Stunde zur Vernehmung gerufen worden zu sein, ließ er es sich nicht anmerken. Er stand auf, schloss die Knöpfe seinen Sakkos und reichte Jens und ihr die Hand.

»Meinen Glückwunsch zum Ermittlungserfolg«, sagte er.

Wie gewohnt umgab ihn ein angenehm fruchtig-spritziger Duft. Er wirkte selbst um diese Uhrzeit wie frisch rasiert. Seine makellose Haut war dermaßen feinporig, dass jede Frau vor Neid erblasste.

»Danke«, erwiderte Jens. »Der Tatverdächtige wurde bereits in den Vernehmungsraum gebracht. Haben Sie zu seiner Person Fragen?«

»Ich habe mich schon in seine Akte eingelesen. Er ist kein unbescholtenes Blatt. Wie schätzen Sie seine Kooperationsbereitschaft ein?«

»Auf einer Skala von eins bis zehn? Null«, entgegnete Maike forsch.

»Kriminalhauptkommissarin Maike Pech leitet die Vernehmung«, informierte Jens ihn.

»Sehr gut«, antwortete Grasso. Er wandte sich ihr zu und lächelte. »Kann es losgehen?«

»Kommt darauf an, ob der Kaffee bereitsteht.« Sie verließ den Konferenzraum und hielt nach Christina Weiß Ausschau, die ihr tatsächlich schon mit einer großen Tasse entgegenkam. »Vielen Dank.« Sie nahm sie entgegen und machte sich auf den Weg zum Vernehmungsraum.

Jens und Sandro Grasso betraten nach ihr das Zimmer, in dem Dirk Tauscher in Handschellen an einem Tisch saß, von zwei Polizisten bewacht wurde und sie mit einem hasserfüllten Blick begrüßte. Der Techniker war auch anwesend und prüfte die Kamera.

»Sie können vor der Tür warten«, sagte Maike an die zwei Kollegen gerichtet, die ihr daraufhin zunickten und ihrer Aufforderung nachkamen.

»Ich sage nichts ohne meinen Anwalt«, ließ Tauscher sie wissen, als sie ihm gegenüber am Tisch Platz nahm.

Sie lächelte und nickte. Wenn er glaubte, er könnte ihr auf der Nase herumtanzen, täuschte er sich gewaltig. Sie war bereit, es mit ihm aufzunehmen.

14. Kapitel

Bis Tauschers Anwalt eintraf, war es nach Mitternacht. Maike hatte sich in der Zwischenzeit mit drei Tassen Kaffee aufgeputscht und genauso oft die Toilette besucht. Nichts war schlimmer, als eine Vernehmung unterbrechen zu müssen, weil einem die Blase drückte. Daher ließ sie die Tasse auf dem Flur zurück und betrat dann wieder den Vernehmungsraum, in dem Dirk Tauscher noch immer am Tisch saß und sich mit seinem Anwalt beratschlagte.

»Können wir dann?«, fragte sie an Rechtsanwalt Dieter Krumpholz gewandt. So wie er aussah, war er nicht nur Tauschers Anwalt, sondern ebenso in seinem Fitnessstudio Stammgast. Woher nahm er in seinem Beruf die Zeit für ein derartig aufwendiges Training? Der offenbar maßgeschneiderte braune Anzug spannte um seinen Bizeps. Einen von der Stange konnte er bei seinem Arm- und Beinumfang unmöglich tragen.

»Bringen wir es hinter uns«, antwortete Tauscher an seiner Stelle.

Er besaß ein ungesund großes Ego und hatte offenbar gern das Sagen. Ein Charakterzug, den Maike für sich nutzen würde. Sie wusste nun, wie sie ihn herausfordern konnte.

Sandro Grasso nahm zu ihrer Linken Platz, Jens zu ihrer Rechten. Sie nickte dem Techniker zu, der die Geste erwiderte und die Videokamera, die auf den Tatverdächtigen gerichtet war, einschaltete.

Maike nannte Datum und Uhrzeit, zählte die Namen aller Anwesenden auf und belehrte Tauscher nach der Strafprozessordnung über seine Rechte. Sie dachte kurz an Lukas, der das sicher viel komplexer aufgesagt und auswendig vorgetragen hätte. Sie hingegen las die Belehrung ab und hatte somit einen Grund, Tauschers provozierenden Blick zu ignorieren. Er wusste bisher nur, dass er unter dringendem Mordverdacht stand, die Details würde sie ihm erst nach und nach während der Vernehmung preisgeben.

»Sind Sie körperlich und geistig dazu in der Lage, sich der Befragung zu stellen?«, fragte sie nach der Belehrung.

Er verzog mürrisch den Mund, nickte aber.

»Wie verdienen Sie ihr Geld, Herr Tauscher?«

»Das wissen Sie«, antwortete er.

»Gibt es neben dem Fitnessstudio noch Nebenverdienste?«

»Nein.«

»Worauf wollen Sie hinaus?«, mischte sich der Anwalt ein. Sein kurzes dunkles Haar war akkurat geschnitten und mit Gel zur Seite frisiert. Geschätzt war er in ihrem Alter.

»Wenn man vom Vermögen ihres Klienten ausgeht, scheinen die Geschäfte gut zu laufen«, entgegnete sie.

»So ist es«, bestätigte Dirk Tauscher und grinste sie an.

Maike erwiderte seinen Blick und verzog keine Miene. »Ein Haus, eine Eigentumswohnung, ein Sportwagen, viele Frauen – das ist ganz schön kostspielig.«

Die Handschellen klapperten aneinander, als er die Unterarme auf den Tisch stemmte und sich leicht nach vorn beugte. »Wollen Sie mir unterstellen, dass ich meine Freundin betrüge?«

Sie erwiderte nichts, zeigte nur den Ansatz eines Schmunzelns und schrieb unnötig lange in ihr Notizheft, ohne dass er es einsehen konnte. Seine Freundin war also ein weiterer Schwachpunkt.

»Was schreiben Sie da?«

Sie sah auf und ihm direkt in die Augen. »Weiß ihre Freundin von den Frauen, die in ihrer Wohnung ein und ausgehen?«

Er schlug die Fäuste auf den Tisch, weshalb Sandro Grasso neben ihr zusammenzuckte. »Was fällt ihnen ein?« Er sah seinen Anwalt an. »Darf Sie das?«

»Nicht, wenn es nicht in irgendeiner Weise für die Befragung relevant ist«, erwiderte dieser und blickte von Tauscher zu Maike.

»Oh, das ist es durchaus. Der Wohlstand ihres Mandanten passt nicht zum Gewinn eines einzelnen Fitnessstudios. Da die Frauen nach Herrn Tauschers Angabe nicht seine Geliebten sind, eröffnet sich der Verdacht, dass diese ihm stattdessen eine nicht gemeldete Einnahmequelle bieten.«

Dieter Krumpholz lockerte seinen Schlips. »Unterstellen Sie meinem Mandanten Zuhälterei?«

Maike grinste. »Unterstellen? Ich? Aber niemals.«

Tauschers Lippen waren nur noch eine schmale Linie, seine Wangenmuskeln zuckten. Maike konnte seinen verbissenen Gesichtszügen ansehen, wie die Wut mehr und mehr in ihm aufkochte.

»Das ist Verleumdung. Passen Sie auf, mit wem Sie sich hier anlegen.« Er stockte, da Krumpholz ihm beschwichtigend eine Hand auf den Unterarm legte.

»Wo liegt hier die Verbindung zum mutmaßlichen Mordverdacht, den Sie meinem Mandanten vorwerfen?«

»Beim Motiv, Herr Krumpholz. Ich versuche nur, eine Erklärung für Dirk Tauschers Vermögen zu finden.« Sie wandte sich wieder an den Tatverdächtigen. »Nennen Sie uns ihre Geldquellen und Geschäftspartner. Eine Anklage wegen Steuerhinterziehung und/oder unlauterer Geschäfte ist strafrechtlich gesehen nicht so vernichtend wie ein Mordprozess.«

In Tauschers Mundwinkel bildete sich Speichel. Er setzte zum Reden an, wurde aber von seinem Anwalt zum Schweigen aufgefordert.

»Ich möchte kurz mit meinem Mandanten unter vier Augen sprechen«, ließ er die Anwesenden wissen. »Geben Sie uns fünf Minuten.«

Maike unterdrückte ein Seufzen. Sie stand auf und nickte dem Techniker zu, der die Videoaufzeichnung daraufhin stoppte. Er, Jens und Sandro Grasso verließen mit ihr den Raum.

»Glauben Sie ernsthaft, dass er ein Zuhälter ist?«, fragte Grasso.

»Nein, ich glaube, dass er seine Freundin betrügt, aber nicht will, dass sie es erfährt.«

Jens und der Staatsanwalt folgten ihr in den Raum mit dem Kaffeeautomaten. Allein der Geruch nach gemahlenen Kaffeebohnen machte sie wieder munterer.

»Wann willst du ihn mit der gefundenen DNA konfrontieren?«, fragte Jens.

»Vorher muss ich herausfinden, in welcher Beziehung er zu Johannes Roth stand. Der Bauunternehmer war kein sportlicher Typ und somit wohl kaum ein Kunde in Tauschers Studio.«

Grasso runzelte die Stirn. »In der Akte steht, dass es sich wahrscheinlich um einen Raubmord handelt. Dirk Tauscher kann Herrn Roth spontan überfallen haben, ohne ihn zu kennen.«

Maike schüttelte den Kopf und nahm die gefüllte Tasse entgegen, die Jens ihr reichte. »Tauscher schwimmt im Geld. Warum sollte er also jemanden wegen einer Geldbörse überfallen?« Sie trank einen Schluck. »Ich bin mir sicher, dass die beiden geschäftlich miteinander zu tun hatten. Roth hatte mehr Geld als Aufträge und Tauscher hat mehr Geld, als die Einnahmen eines einzelnen Fitnessstudios abwerfen. Ich verwette meinen Arsch, dass er auch unseren toten Bauingenieur Lars Jansen kannte.« Sie seufzte. »Männer mit einem riesengroßen Ego sind die schwierigsten. Ich kümmere mich jetzt wieder um dieses Exemplar im Vernehmungsraum. Zu dem kommt noch der geistige Horizont einer knienden Ameise.«

Sie ging voraus und ahnte, dass sein Anwalt ihm gerade nahegelegt hatte, zu allem zu schweigen. Also musste sie versuchen, ihn über seine Freundin aus der Reserve zu locken. Diese würde sie im Laufe des bevorstehenden Tages befragen und dass sie das tat, würde Tauscher Bauchschmerzen bereiten.

Mit einer aufgesetzten guten Laune setzte sie sich dem Tatverdächtigen erneut gegenüber und lächelte ihn und Krumpholz an. »Können wir dann wieder?«

Jens schloss die Tür hinter sich. Nachdem auch er und Grasso Platz genommen hatten, schaltete der Techniker wieder die Kamera ein.

»Wo waren Sie in der gestrigen Nacht?«

Krumpholz atmete tief durch und räusperte sich. Er hatte wahrscheinlich vermutet, dass sie weiterhin auf den Einnahmequellen herumritt.

»In meinem Bett. Ich habe geschlafen.«

»Kann das Ihre Freundin oder eine der anderen Frauen bestätigen?«, fragte sie wie nebensächlich und tat so, als würde sie auf ihrem Schoß in ihr Notizheft schreiben.

»Lassen Sie meine Freundin aus dem Spiel«, stieß er zwischen zusammengepressten Zähnen aus. In seinen Mundwinkeln bildete sich wieder Speichel.

Sie hielt seinem Blick stand. Da sprang er so ruckartig auf, dass sein Stuhl nach hinten umkippte.

»Brauchen wir weitere Beamte, um Ihren Mandanten ruhigzustellen?«, fragte Jens. Er war ebenfalls aufgesprungen und sah Krumpholz und Tauscher abwechselnd an.

Der Anwalt erhob sich, stellte den Stuhl auf und bedeutete seinem Mandanten, sich wieder hinzusetzen. »Nein, brauchen Sie nicht«, erwiderte er mit Nachdruck.

»Was ist mit meinen Rechten?«, fragte Tauscher an seinen Anwalt gerichtet.

»Sie haben doch früher schon ihre Erfahrung mit der Justiz gemacht und müssten wissen, dass sie als Beschuldigter auch einige Rechte verlieren«, kam Maike Krumpholz zuvor. »Die Unverletzlichkeit ihres Hauses und ihrer Wohnung zum Beispiel. Wir haben einen richterlichen Durchsuchungsbeschluss.«

Wenn Blicke töten könnten, würde sie auf der Stelle vom Stuhl fallen. Ihre Strategie war also genau die richtige. Er sprach nicht überlegt mit ihr, sondern hochemotional. Jemand, der sich unter Kontrolle hatte, sah anders aus.

»Nicht ohne mein Beisein«, brach es aus ihm heraus.

»Ihre Freundin wird natürlich anwesend sein. Ob es Ihnen passt oder nicht, ich muss sie zu Ihrem Alibi befragen.«

Tauscher schnaubte vor Wut.

»Außerdem werden wir nach Beweismaterial suchen, dass Sie mit Jansens Tod in Verbindung bringen könnte.«

Aus den Augenwinkeln nahm sie wahr, wie Jens' Kopf sich ruckartig zu ihr drehte. Sie konnte nur hoffen, dass er den Mund hielt und Tauscher seine und Grassos Verwirrtheit nicht bemerkte.

»Warum sollte ich Lars Jansen umbringen wollen?«, fauchte er.

Maike jubelte innerlich auf. Damit war zumindest schon mal bewiesen, dass er den Bauingenieur gekannt hatte. Sie hatte seinen Vornamen nicht genannt. Und er wusste nicht, dass er hier wegen des Mordverdachts an Johannes Roth saß und Lars Jansen für ihn eigentlich keine Bedeutung hatte.

»Schweigen Sie zu den Vorwürfen«, riet Krumpholz ihm.

»Uns liegt eine Zeugenaussage vor, die eine interessante geschäftliche Verbindung zwischen Herrn Jansen und Ihnen darlegt«, bluffte sie.

»Von wem?« Er wirkte mit einem Mal blass.

»Das kann ich Ihnen leider nicht sagen. Aber ich denke, Sie wissen, von wem.«

»Dieser miese Hund«, fluchte Tauscher. »Der will mich an den Pranger stellen, um selbst davonzukommen.«

Ihr Herz begann schneller zu schlagen.

»Heißt das, Sie werfen ihm eine Beteiligung vor?«, fragte sie, ohne zu wissen, von wem er da eigentlich sprach.

Dieter Krumpholz redete ununterbrochen auf seinen Mandanten ein, dass er jede weitere Aussage verweigern sollte. Aber Tauschers Wut übernahm die Führung. Er ballte die Hände zu Fäusten. Maike konnte seine Halsschlagader pochen sehen.

»Bäumler war es. Und jetzt versucht er, mich in die Sache mit reinzuziehen.«

Jens drückte sein Knie gegen ihres. Sie bekam vor Aufregung ganz feuchte Hände. Jetzt hatten sie ihn am Haken.

»Sie dürfen lügen, solange sie keinen Unschuldigen belasten«, sagte sie, woraufhin Krumpholz seine endlosen Belehrungen einstellte und nur noch aufseufzte.

»Ich habe Jansen nicht umgebracht.«

»Können Sie uns Herrn Bäumlers Motiv schildern?«, fragte sie.

»Wenn Sie jetzt nicht endlich die Klappe halten, verlasse ich den Raum«, ließ sein Anwalt Tauscher wissen.

Maike lächelte und verschränkte die Hände auf dem Tisch. »Na schön, dann lassen Sie uns das Thema wechseln und über die DNA ihres Mandanten sprechen, die wir auf der Leiche eines anderen Mannes gefunden haben.« Sie wandte sich Dirk Tauscher zu. »In welcher Verbindung standen sie zu dem Bauunternehmer Johannes Roth.«

15. Kapitel

Nachdem Maike die Karten offen auf den Tisch gelegt hatte, war die Vernehmung schnell zu Ende gewesen. Tauscher hatte es dann doch für die bessere Idee gehalten, dem Rat seines Anwalts zu folgen und zu schweigen. Selbst einer Ameise war irgendwann klar, wann man sie in die Enge getrieben hatte.

Sie war zu übermüdet gewesen, um nach Niederteerbach zurückzufahren, und hatte sich stattdessen die restlichen Stunden bis zum Morgen in Zoes Gästezimmer eingenistet. Diese hatte sich nicht eine Sekunde über die nächtliche Störung beschwert, hatte sie nach ihrem Anruf persönlich erwartet und zu Bett gebracht. Jetzt saßen sie gemeinsam in der Küche beim Frühstück. Na ja, zumindest leistete Zoe ihr Gesellschaft. Sie hatte bereits mit Mark gegessen und Maike hatte gewartet, bis er mit den Zwillingen aufgebrochen war, um sie zur Kita zu bringen. Eine private Einrichtung, in der nur Kinder aus betuchten Familien unterkamen. Sarah lag noch im Bett.

»Wie hast du geschlafen?« Zoe schenkte ihr Kaffee nach.

»Zu kurz. Mein Hirn wollte nicht so richtig abschalten.« Sie nahm widerwillig einen Löffel Joghurt und Dinkelmüsli. Ein Brötchen oder eine Scheibe Toast wären ihr lieber gewesen, waren im gesunden Haushalt der Schwäfels jedoch leider nicht zu finden. »Dirk Tauscher hatte zu Jansen als auch zu Roth Kontakt. Aber ich habe noch keine Ahnung, welches Mordmotiv er haben könnte und was genau sie verbunden hat.«

Zoes Smartphone lag auf dem Esstisch und vibrierte. Sie warf einen kurzen Blick darauf und konzentrierte sich dann wieder auf ihr Gespräch. »Ich glaube tatsächlich, dass er nur Roth umgebracht hat«, ließ sie Maike wissen. »Die Opfer wurden auf zu unterschiedliche Weise ermordet.«

Maike streichelte Nele über den Kopf. Die Hündin saß neben ihr und bettelte schwanzwedelnd um einen Happen. »Jens hat eine Streife losgeschickt, um den Kraftfahrer Knut Bäumler in Gewahrsam zu nehmen. Sollten sie ihn angetroffen haben, steht nachher die nächste Vernehmung an. Die Zusammenhänge und sein mögliches Motiv sind ebenfalls völlig unklar.«

»Thomas müsste bereits im Institut sein.« Zoe nahm ihr immer noch andauernd vibrierendes Smartphone zur Hand. »Ich schreibe ihm mal, ob die Kriminaltechniker die Blutspuren vom Feld schon abgegeben haben. Wenn es sich dabei wirklich um Lars Jansens Blut handelt, spricht das durchaus für Knut Bäumlers Schuld. Immerhin hat der alte Bauer ... wie hieß er noch? «

»Palmer.«

»Ja, Palmer, der hat ihn mit dem LKW doch dort langfahren sehen.« Sie tippte und legte das Smartphone dann wieder beiseite. »Mal schauen, wann er antwortet.«

»Was geht eigentlich bei dir ab?«, fragte Maike, als es erneut mehrmals hintereinander vibrierte.

Zoe ließ es liegen, tippte nur auf das Display, damit es aufleuchtete. »Thomas hat die Nachricht gelesen aber noch nicht geantwortet. Das ist nur der Elternchat von der Kita.«

Maike zog die Augenbrauen zusammen. »Aha.«

»Spar dir jeglichen Kommentar. Mit so etwas muss ich mich nebenbei eben auch noch herumschlagen. Und glaub mir, die haben sie nicht mehr alle. Diese Übermütter gehen mir auf die Nerven. Jeden Tag beschweren sie sich über etwas anderes. Die Kinder werden zu wenig gefördert, die Räume sind zu kalt, die Erzieherin geht nicht auf ihre Ratschläge ein, bla bla bla ...« Sie seufzte. »Willst du den aktuellsten Kommentar aus dem Chat hören?«

Maike gähnte. »Klar, lies mal vor.«

Zoe öffnete den Chat, streckte den Rücken durch und hob das Kinn. »Wie ihr wisst, möchte ich nicht, dass mein kleiner Ludwig-Otto Zucker und Weißmehl isst«, begann sie mit verstellter Stimme vorzulesen. »Letzte Woche brachte ein Kind wiederholt süße Kekse mit. Wisst ihr, wer das war? Frau Klingbeil will es mir nicht sagen, dabei sollte sie als Erzieherin darauf achten, was die Kinder mitbringen.«

»Ich bin immer wieder froh, keine eigenen Kinder zu haben«, sagte Maike. »Da bleiben mir solche hochgeistigen Unterhaltungen erspart.« Sie lehnte sich vor, nahm Zoe das Smartphone aus der Hand und scrollte durch die Chatbeiträge. »Kann Mark da nicht mal eine Kolumne drüber schreiben? Überschrift: Die Keksaffaire.«

Zoe schmunzelte, stand auf und ging zur Anrichte, um sich einen Apfel aufzuschneiden. Das nutze Maike aus und beteiligte sich an der Chatunterhaltung.

»Was tust du da?«, fragte Zoe, als sie sich wieder zu ihr umdrehte.

Maike grinste. »Ich habe mal in deinem Namen geantwortet.«

»Nicht wirklich?« Zoe eilte zu ihr, entriss ihr das Smartphone und schaute auf das Display. »Ich hoffe, Ludwig-Otto haben die Kekse wenigstens geschmeckt«, las Zoe die von Maike abgeschickte Nachricht.

»Komm schon, ich hab mich echt zurückgehalten.« Maike grinste noch breiter.

»Vielen Dank auch. Jetzt freue ich mich gleich umso mehr auf den Elternabend in zwei Wochen.« Sie ließ sich wieder auf den Stuhl neben ihr sinken.

»Gib doch eine Runde Schokoladenkekse aus«, erwiderte Maike und lachte, da Zoe mit den Fingern gegen ihren Arm schnipste.

Ihre Smartphones begannen gleichzeitig zu klingeln.

»Das ist Jens«, sagte Maike.

»Das ist Thomas«, Zoe mit ihr synchron.

Sie lachten wieder. Zoe ging ins Wohnzimmer, damit sie beide in Ruhe telefonieren konnten.

»Guten Morgen«, meldete Maike sich. »Lass mich raten, du hast überhaupt nicht geschlafen.«

»Keine Sekunde«, erwiderte Jens. »Ich muss aufpassen, dass ich nicht auf meine Tränensäcke trete.« Er gähnte lauthals. »Wie sieht es bei dir aus? Bist du bereit für die nächste Vernehmung?«

Sie stand auf und räumte ihre Tasse in den Geschirrspüler. »Heißt das, ihr habt Bäumler?«

»Jep. Die Kollegen haben ihn aus dem Bett geholt.« Er gähnte wieder. »Christina nimmt gerade seine Fingerabdrücke. Danach würde ich ihn dir für die Vernehmung überlassen und schlafen gehen. Ich kann nicht mehr normal denken.«

»Alles klar. Ich mache mich auf den Weg und beordere auch meinen Kollegen Lukas Yilmaz ins Kölner Präsidium.« Sie lief in den Flur und nahm ihren Parka vom Kleiderständer.

»Ach, Maike?«

»Ja?«

»Rate, was uns bei der Spurensicherung in Dirk Tauschers Auto im Kofferraum in die Hände fiel!«

Maike klemmte das Smartphone zwischen Ohr und Schulter und zog ihre Stiefel an. »Keine Ahnung. Viagra? Sexspielzeug für seine vielen Freundinnen?«

Jens gähnte und lachte gleichzeitig. »Ein transparent grauer Schlauch. Einer von der Sorte, die man als Luft- und Filterschlauch oder zum Wasserwechsel bei Aquarien verwendet.«

Sie hielt mitten in der Bewegung inne. »Und du meinst, der könnte zu dem Kunststoffpartikel passen, der in Jansens Rachen gefunden wurde?«

»O ja, das denke ich. Wie wir inzwischen wissen, scheinen Zierfische ein Hobby unseres Tatverdächtigen zu sein. Die Haus- und Wohnungsdurchsuchung ist abgeschlossen. Dirk Tauscher besitzt mehrere Aquarien. In seinem Haus hat er zwei, in der Wohnung eins und in seinem Fitnessstudio steht die komplette Wand hinter dem Empfangstresen unter Wasser.«

»Er beschuldigt Knut Bäumler, den Lastwagenfahrer, Jansen ermordet zu haben«, sagte Maike.
»Da ist es natürlich interessant, den Schlauch ausgerechnet in seinem Auto zu finden.« Sie streckte
den Hals und sah sich nach Zoe um. »Ist der Partikel noch im Rechtsmedizinischen Institut? Wenn
ja, sollte ein Kriminaltechniker den Schlauch dort
schnellstmöglich mit dem Fundstück abgleichen.
Sollte der Partikel tatsächlich von diesem
Schlauch stammen, brauche ich das Ergebnis im
besten Fall, solange ich Bäumler noch in der Vernehmung habe.«

»Okay, ich kümmere mich noch schnell darum«,
erwiderte Jens. »Falls es etwas Dringendes gibt,
kannst du mich jederzeit anrufen. Vermutlich bekomme ich sowieso kein Auge zu.«

»Bis später dann.« Sie legte auf, als Zoe im selben
Moment in den Flur kam und sich am Telefon von
Thomas verabschiedete.

»Ich habe gute Nachrichten für dich«, sagte sie.
»Das Blut von dem Acker stammt wie vermutet
von Lars Jansen.«

Maike nickte nachdenklich. »Dann ist das unser
Tatort.« Sie rieb sich die Stirn. »In diesem Fall
kommen wir Stück für Stück weiter. Bei Johannes
Roth tappen wir bis auf den Tatverdacht von Dirk
Tauscher aber noch völlig im Dunkeln.« Sie umarmte Zoe. »Ich muss los. Und du solltest dich auch
auf den Weg machen. Wir schicken jemanden von

der Kriminaltechnik im Institut vorbei. Es wurde
ein Schlauch gefunden, der mit dem Beweisstück
aus Jansens Hals verglichen werden muss.«
  Sie eilte zur Tür hinaus.

16. Kapitel

Hatte sie in der Nacht vom Polizeipräsidium bis zu Zoes Haus nach Köln- Junkersdorf gerade mal eine Viertelstunde gebraucht, so benötigte sie jetzt durch den Morgenverkehr deutlich länger. In der Zwischenzeit rief sie im Niederteerbacher Revier an, um Lukas nach Köln zu bestellen und ihn und Gabi in aller Kürze auf den neuesten Stand zu bringen. Während er sich auf den Weg machte, blieb Gabi noch in der Leitung.

»Wir haben uns schon Sorgen gemacht«, sagte sie. »Ich hab gleich gesehen, dass der Parkplatz von Ihrem braunen Nissan leersteht, und mein Harry hat auch schon angerufen, dass Sie heute Morgen keinen Kaffee bei der Fressoase geholt haben. Die Tachmoiner meinten, in Ihrer Wohnung hätte gestern Abend und über Nacht kein Licht gebrannt und der Horst wollte schon eine Vermisstenanzeige aufgeben.«

»Himmel, ich kann mich ja zukünftig an der Infotafel vor dem Rathaus in eine Anwesenheits- und Abwesenheitsliste eintragen«, erwiderte Maike.

Gabi lachte.

»Das ist nicht lustig. Ihr Niederteerbacher seid schon speziell.« Jetzt lachte sie auch.

»Vorsicht, Sie sind jetzt eine von uns, Frau Pech.«

»Sagen wir, ich bin umständehalber zugezogen.«

Gabi lachte noch lauter. »Das sind die Tachmoiner auch. Irgendwann kriegen wir alle.«

Maike verzog den Mund. »Echt beängstigend. Ich werde mich weiter zur Wehr setzen. Bis später, Gabi.« Sie legte auf.

Innerlich war sie total unruhig, spürte ein Ziehen im Magen. Das war nicht nur die Unruhe vor Knut Bäumlers Vernehmung, von der womöglich die gesamte Klärung der Todesfälle abhing. Sie musste auch unbedingt weniger Kaffee trinken. Ihre Verantwortung war riesig. Auch wenn sie Jens für sein Vertrauen in ihre Fähigkeiten dankbar war, hätte sie ihn doch gerne an ihrer Seite gehabt.

Im Präsidium wurde sie bereits am Eingang von Polizeihauptkommissarin Christina Weiß empfangen. Sie sah müde aus. Unter ihren Augen hingen tiefe Schatten.

»Lassen Sie es mich so ausdrücken«, sagte sie und folgte Maike bis zum Kaffeeautomaten. »Knut

Bäumler ist ein nervliches Wrack. 62 Jahre alt, ledig, seit über zwanzig Jahren Kraftfahrer bei der Spedition Hagen.«

Maike nahm die gefüllte Tasse aus dem Automaten und sog den Duft des Kaffees ein. Eine solche Maschine würde sie sich fürs Niederteerbacher Revier wünschen.

»Bis seine Mutter vor sechs Jahren starb, lebte er mit ihr in einer Dreiraum-Wohnung zusammen«, informierte Christina Weiß sie weiter und blickte auf das Klemmbrett in ihrer Hand. »Vor gut einem Jahr ist er dann in die neu sanierte Vierraumwohnung seines aktuellen Wohnorts gezogen.«

»Irgendwie scheinen sich alle finanziell verbessert zu haben«, erwiderte Maike, lehnte sich mit der Schulter gegen den Türrahmen und trank einen Schluck. »Weiß er, warum er zur Vernehmung aufs Revier gebracht wurde?«

Christina Weiß nickte. »Ich brauchte nichts zu sagen. Seit er hier angekommen ist, beteuert er ununterbrochen, dass er unschuldig ist.«

Maike verzog den Mund. »Klar, das sind sie ja immer.« Sie nahm der Polizeihauptkommissarin das Klemmbrett aus der Hand. »Hat Bäumler einen Anwalt?«

»Ihm wurde ein Pflichtverteidiger gestellt. Ach ja, und eventuell, falls er es schafft, stößt Staatsanwalt Sandro Grasso später noch dazu.«

»Alles klar. Ich warte noch auf meinen Kollegen Lukas Yilmaz und beginne dann zeitnah mit der Vernehmung.«

»Einer der Techniker ist schon dabei, den Videomitschnitt vorzubereiten.« Sie blickte auf die Wanduhr. »Mein Dienst ist jetzt zu Ende. Wenn Sie wollen, kann ich aber auch noch bleiben.«

»Danke, das ist nicht nötig. Gehen Sie nach Hause und gönnen Sie sich Schlaf.«

Christina Weiß nickte. »Viel Erfolg bei der Vernehmung.« Sie verließ den Raum, als gleichzeitig ein Polizeibeamter zur Tür hereinspähte.

»Ein Lukas Yilmaz sucht Sie«, ließ er sie wissen.

»Schicken Sie ihn bitte zu mir«, erwiderte sie und ließ schon mal Kaffee in die Tasse laufen, die er dankbar entgegennahm, als er bei ihr eintraf.

»Gabi meinte, ich soll Ihnen was zu essen mitbringen«, sagte er und überreichte ihr eine Tüte.

»Das ist lieb, aber ich habe bereits gefrühstückt.« Dennoch warf sie einen Blick auf die belegten Brote. Ihr Mittagessen war gesichert. Wenn sie könnte, würde sie Gabi einen Orden verleihen.

»Bereit, einen Mörder ins Verhör zu nehmen?«, fragte sie.

Lukas nickte überschwänglich und verschüttete dabei fast etwas von seinem wertvollen Koffeingetränk.

»Dann los.« Sie schlug den Weg zum Vernehmungsraum ein. Die Kollegen, die ihnen auf dem

Gang entgegenkamen, nickten ihr zu. Vermutlich gingen viele davon aus, dass nur die enge Freundschaft zu Jens ihr die Leitung der Vernehmung ermöglichte. Ausgerechnet sie, die in Niederteerbach die Kühe auf der Weide zählte, führte die Befragungen in gleich zwei Mordfällen.

»Ich hoffe, wir brauchen nicht lange und bekommen unsere Antworten«, sagte Maike, bevor sie den Raum erreichten und eintraten.

Knut Bäumler saß neben seinem Pflichtverteidiger an dem Tisch, an dem Maike noch vor wenigen Stunden Dirk Tauscher gegenübergesessen hatte. Da von ihm anscheinend keine Gefahr ausging, trug er keine Handschellen. Der Techniker war ein anderer und grüßte sie freundlich.

»Ich bin unschuldig«, brach es aus Bäumler heraus, noch bevor Lukas und sie sich gesetzt hatten.

»Christoph Schurig«, stellte sein Pflichtverteidiger sich vor und reichte ihnen über den Tisch hinweg die Hand.

Sein Name sagte ihr nichts, aber das Gesicht des Anwalts kam ihr bekannt vor. Er grinste sie an und nickte sanft, wobei die Erinnerung mit einem Schlag zurückkkam.

»Kriminalhauptkommissarin Maike Pech und Polizeikommissar Lukas Yilmaz«, stellte dieser sie vor, da Maike nichts erwiderte.

Scheiße. Mit dem Typ hatte sie mal nach einer ausschweifenden Karnevalsparty die Nacht verbracht. Das lag zwar lange, bis in ihre Studienzeit zurück, aber seine Miene zeigte deutlich, dass er sie ebenfalls erkannte und sich daran erinnerte.

»Ich habe Ihnen doch schon gesagt, dass ich nichts über den Toten weiß«, sagte Bäumler mit zittriger Stimme zu Maike.

Sein blau-rot kariertes Hemd spannte über seinem Bauch und wirkte wie ein Schlafanzugoberteil, um das es sich mit hoher Wahrscheinlichkeit auch handelte. Immerhin hatte er bei der Festnahme die Schlafanzughose noch mit einer Jeans getauscht.

»Immer langsam«, sagte sie. »Mein Kollege belehrt Sie jetzt erst einmal und dann werden wir uns ganz in Ruhe unterhalten.«

Sie nickte dem Techniker zu und als die Kamera lief, begann Lukas die Anwesenden aufzuzählen. Während er Knut Bäumler in allem Umfang, völlig frei vorgetragen, über seine Rechte informierte, konnte sie sich noch mal entspannt zurücklehnen. Allerdings nahm Christoph Schurig sie mit seinem Blick regelrecht gefangen. Wenn er das die ganze Zeit in dieser Intensität durchziehen sollte, würde es ihr schwerfallen, sich zu hundert Prozent auf Knut Bäumler zu konzentrieren.

Sie nahm sich vor, ihn weitestgehend zu ignorieren. Da sie sich nur an ihn und nicht an den Sex erinnern konnte, war besagter wahrscheinlich nicht so überragend gewesen, um ihn im Gedächtnis zu behalten.

Nachdem Lukas das Protokoll abgearbeitet hatte, legte sie ihr Notizheft auf den Tisch und sah Bäumler an. Seine Augen waren gerötet, die Haare standen wirr vom Kopf ab. Fast tat er ihr ein wenig leid.

»Ich fasse die Umstände kurz für Sie zusammen, Herr Bäumler.« Sie nahm wahr, dass Christoph sich Notizen machte, schenkte dem aber keine weitere Beachtung. »Auf Ihrem Sandkipper wurde die Leiche von Lars Jansen gefunden, einem hiesigen Bauingenieur, den sie nicht zu kennen behaupten.« Sie verengte die Augen. »Ist das richtig?«

Bäumler zog ein Taschentuch hervor, schnäuzte sich die Nase und wischte sich dann damit über die feuchten Augen.

Eine kurze Übelkeit überkam sie. Das Dinkelmüsli war keine gute Grundlage für eine Vernehmung, stellte sie fest. Aber bei Bäumlers üppiger Verteilung seines Nasensekrets, hätte ihr auch ein belegtes Brot von Gabi oder eine Currywurst von Harrys Fressoase keine bessere Basis gegen den Würgereiz gegeben.

Während er kaum merklich nickte, war sein Blick auf den Tisch gerichtet. Dieser Mann hatte die Hosen gestrichen voll, dafür musste sie nicht erst sorgen.

»Sehen Sie mich an und hören Sie mir genau zu«, forderte sie ihn auf. Er hob langsam den Kopf.

»Sie sitzen heute hier, weil ein Mann Sie des Mordes an Lars Jansen bezichtigt«, sagte sie laut und deutlich.

Seine Augen weiteten sich. Er wirkte wie eingefroren.

»Dürften wir den Namen des Mannes erfahren?«, mischte sich Christoph ein.

Sie nickte, hielt den Blick weiterhin auf Knut Bäumler gerichtet. »Sagt Ihnen der Name Dirk Tauscher etwas?«

Bäumler hob seine stark zitternden Hände vors Gesicht und schluchzte auf.

Maike sah Christoph an. »Möchten Sie ihren Mandanten darauf hinweisen, dass Sie bei einem Geständnis eine mildere Strafe für ihn herausschlagen können, oder soll ich das tun?«

»Ich ... Ich war es nicht. Ich hab ihm nur beim Verladen der Leiche geholfen ... Ich ...«, brach es wimmernd aus Bäumler heraus, bevor Christoph antworten konnte.

»Beruhigen Sie sich, Herr Bäumler«, fiel er ihm ins Wort und brachte ihn damit zum Verstummen. Er strich seufzend durch sein blondes kurzes Haar und sah Maike nun mit ernster Miene an. »Bekommen wir einen Deal auf Haftminderung, wenn mein Mandant auspackt?«

Sie stand auf. »Das muss ich kurz mit meinem Vorgesetzten und der Staatsanwaltschaft klären«, entgegnete sie und verließ mit Lukas den Raum.

Sie hielt sich wieder beim Kaffeeautomaten auf, während sie mit Sandro Grasso und Jens telefonierte. Letzteren hatte sie geweckt, aber die Aussicht auf ein Geständnis stimmte ihn gnädig. Da Grasso diesbezüglich noch mit der zuständigen Richterin telefonieren wollte, wartete sie auf seinen Rückruf. Es war auffällig, wie neben Lukas nach und nach immer mehr Kollegen in die Küche kamen und versuchten, etwas von ihren Telefongesprächen aufzuschnappen. Das ganze Präsidium schien mitzufiebern, wie die Vernehmung ausging.

Als sich Grasso endlich wieder meldete und die ersehnte Zustimmung offiziell erteilte, nippten Lukas und sie schon an ihrer zweiten Tasse. Ihr Vorsatz, weniger Kaffee zu trinken, musste warten – bis zum neuen Jahr, das in wenigen Tagen schon begann. Sie nahm noch einen kleinen Umweg auf die Toilette, bevor Lukas und sie sich wieder zu den anderen in den Vernehmungsraum gesellten.

»Wir stimmen einem Deal zu.«
Christoph sah zu dem Techniker, der die Vernehmung weiterhin mit der Kamera aufzeichnete. Dadurch wurde auch die Vereinbarung festgehalten und er nickte einvernehmlich.

»Sprechen Sie«, forderte er Bäumler auf.

Dieser war in sich zusammengesackt. Mit hängenden Schultern sah er auf seine Hände. »Ich sollte die Leiche bei Roths Baufirma abladen und habe Dirk Tauscher geholfen, sie auf meinem LKW zu deponieren«, flüsterte er so leise, dass Maike ihn kaum verstand.

Sie hob eine Augenbraue. »Lars Jansens Leiche sollte zu Herrn Roth geliefert werden?«

Er nickte schwach, wagte es nicht, sie anzusehen. Schweißperlen standen auf seiner Stirn, perlten seine Schläfen hinab und versickerten in seinem grauen Vollbart.

»Am besten fangen wir ganz von vorne an und gehen dann chronologisch weiter«, sagte sie und wechselte mit Christoph einen kurzen Blick.

»Ich hab Jansen nicht umgebracht.«

»Bleiben Sie dabei, dass Sie ihn nicht kannten?«

Er atmete schwerfällig. »Ich hab ihn vor zwei Jahren kennengelernt, als das alles anfing.«

Sie legte den Kopf schräg. »Was anfing?«

»Als meine Mutter so krank war, habe ich bei Tauscher Cannabis gekauft. Ein Kumpel hatte mir gesteckt, dass ich das bei ihm beziehen kann. Damals gab es medizinisches Cannabis noch nicht auf Rezept.« Nun sah er Maike aus glasigen Augen an. »Meine Mutter hatte Krebs im Endstadium. Sie hat die Schmerzen kaum ausgehalten und das Zeug, das man ihr verschrieben hatte, brachte nichts.« Er schnäuzte wieder in sein Taschentuch. »Kein Tier lässt man so leiden.«

»Erzählen Sie weiter«, forderte sie ihn auf, da er stockte und erneut auf die Tischplatte starrte.

»Eines Tages fragte Tauscher mich, ob ich mir etwas Geld dazuverdienen wolle.« Er sah seinen Pflichtverteidiger an. »Das war kurz nach ihrem Tod. Ohne ihre Rente ...« Er verstummte abermals.

»Ich verstehe.« Maike stemmte ihre Unterarme auf den Tisch und beugte sich ihm leicht entgegen. »Was sollten Sie für Dirk Tauscher erledigen?«

Er nahm einen tiefen Atemzug. »Darf ich eine Zigarette rauchen?«

Maike schüttelte den Kopf. »Tut mir leid. Im Gebäude ist Rauchverbot.« Sie schenkte ihm ein mitfühlendes Lächeln. »Wenn wir hier fertig sind, in Ordnung? Also lassen Sie uns weitermachen. Erzählen Sie mir alles, was Sie wissen.«

»Ich hab für ihn Drogen gefahren«, gab er mit einem tiefen Seufzer zu. »Mit meinem LKW, wissen Sie. Und vor zwei Jahren kamen dann Lars Jansen und Johannes Roth ins Spiel.«

Maike wurde hellhörig. »Inwiefern?«

»Na ja, die Drogenfahndung hatte einen wichtigen und großen Lagerplatz in Köln hochgenommen und Tauscher brauchte einen neuen Ort, wo er seine Drogen deponieren und aufbereiten konnte.«

Er griff wieder zu seinem Taschentuch und Maike musste an sich halten, um ihn nicht über den Tisch hinweg am Kragen zu packen und zu schütteln, damit er schneller auf den Punkt kam.

»Lars Jansen war bei Dirk Tauscher Kunde und hat ihm den Bauhof von seinem Freund, dem Roth, vorgeschlagen. Schön ab vom Schuss, unauffällig. Die haben sich alle eine goldene Nase verdient, haben viel mehr Geld bekommen als ich.«

»Und was ist passiert? Warum musste Jansen sterben?«, platzte es aus Lukas heraus. Er hielt sich die Hand vor den Mund und warf Maike einen entschuldigenden Blick zu. Seine Ungeduld und die fehlende Erfahrung hatten sich verselbstständigt.

Maike presste die Lippen zusammen und wartete auf Knut Bäumlers Antwort. Christoph machte sich immerzu Notizen und kam mit dem Schreiben kaum hinterher.

»Die beiden wollten plötzlich aussteigen.« Er zuckte mit den Schultern. »Keine Ahnung, wieso. Dirk Tauscher hat die beiden außerhalb der Stadt treffen wollen, um sie zum Weitermachen zu überreden. Da ist aber nur der Jansen erschienen.«

»War der Treffpunkt auf dem Feld in der Nähe der Niederteerbacher Straße?«, hakte Maike nach.

Bäumler nickte.

»Waren Sie dabei?«

Er nickte wieder. »Tauscher hat sich mit Lars Jansen gestritten und dann haben die sich geprügelt, bis ...« Bäumler stieß die Luft aus. »Er ist umgefallen und hat sich nicht mehr bewegt. Plötzlich war er tot.«

Maike lehnte sich zurück. »Nicht zu diesem Zeitpunkt, Herr Bäumler. Lars Jansen war vorerst nur k.o. gegangen.«

»Aber ...« Er blinzelte, fuhr sich mehrfach mit der flachen Hand übers Gesicht. »Tauscher war genauso panisch wie ich. Er dachte auch, dass der Jansen tot war. Und dann hat er gesagt, dass es nun mal ist, wie es ist, und wir das ausnutzen können. Er wollte, dass ich dem Roth statt der nächsten Drogenlieferung Jansens Leiche liefere. Als Warnung sozusagen. Damit er nicht aussteigt und seinen Bauhof weiter als Drogenlager zur Verfügung stellt.« Im Gegensatz zum Anfang der Vernehmung sprudelten die Worte nun ohne Punkt und Komma aus ihm heraus.

»Und Sie haben dem zugestimmt?«

Bäumler begann wieder zu schluchzen, sah zwischen seinem Pflichtverteidiger und ihr hin und her. »Ich habe Schulden. Ich brauche das Geld.«

»Wie ging es weiter?«, fragte Maike.

»Tauscher hatte einen kleinen Teil der Ware einer neuen Drogenlieferung dabei und hat dem Toten über einen Schlauch flüssiges Kokain verabreicht.«

Maike runzelte die Stirn. »Das verstehe ich nicht. Warum hat er das getan?«

»Nur, um sicherzugehen. Er ist davon ausgegangen, dass Roth die Warnung versteht und die Leiche seines Freundes verschwinden lässt. Aus Angst, dass er sonst in den Fokus gerät und die Polizei entdeckt, dass er in Drogengeschäfte verwickelt ist.« Eine Träne rann über Bäumlers Wange. »Und wenn er die Leiche doch gemeldet hätte, dann sollte es eben nicht wie Mord, sondern nach einer Überdosis aussehen.«

Maike verdrehte innerlich die Augen. Als könnte man Rechtsmediziner so an der Nase herumführen. Schon gar nicht Zoe. Sie dachte wieder an den geistigen Horizont der knienden Ameise.

»Tauscher hat Lars Jansen dann mit Schnee und einem Handtuch abgerieben, um seine Spuren zu verwischen, und anschließend haben wir die Leiche zwei Tage lang im Wald versteckt und bei Roths nächster Sandbestellung auf den LKW gelegt.« Er seufzte. »Den Rest der Geschichte kennen Sie. Hätte dieser Bauer mich nicht gesehen und der Polizei gemeldet ...«

»Wäre ihr Plan womöglich aufgegangen«, vollendete Maike den Satz.

Er nickte. »Kann ich jetzt gehen?«

Sie stand auf. »Das geht nicht, Herr Bäumler. Aber Sie können gleich eine Zigarette rauchen, wenn Sie mir eine letzte Frage beantworten.«

Ihm liefen nun haltlos die Tränen hinab. Sein ganzer Körper zuckte unter seinen Schluchzern.

»Warum musste auch Johannes Roth sterben? Das ist mir noch nicht klar.«

Bäumler erstarrte und weitete die Augen. Sie sah ihm an, dass er von dessen Tod bisher nichts gewusst hatte.

17. Kapitel

»Man trifft sich immer zweimal im Leben«, rief Christoph, als Maike das Polizeipräsidium verließ. Mist, diese Begegnung hatte sie eigentlich vermeiden wollen.

Er nickte den zwei Polizisten, die Knut Bäumler beim Rauchen beaufsichtigten, zu, und schloss sich ihr dann auf dem Weg zum Parkplatz an.

»Ja, sieht ganz so aus.«

»Du hast dich kein bisschen verändert. Ich habe dich sofort erkannt, als du durch die Tür gekommen bist.«

Ha, die Vierzig, nimm dies! »Dein Gesicht kam mir auch gleich bekannt vor, dein Name ist mir allerdings neu«, erwiderte sie.

Er lächelte, hielt weiter mit ihr Schritt. »Tja, wir sind damals anderweitig beschäftigt gewesen und hatten keine Zeit einander vorzustellen.«

Sie versuchte, sich zu erinnern. »Vielleicht waren wir auch einfach nur zu betrunken.«

»Autsch.« Er hielt sie am Arm zurück, lächelte immer noch. »Lass uns von vorn anfangen. Ich bin Christoph.« Er streckte ihr die Hand entgegen.

Was genau meinte er, mit von vorn anfangen?

»Maike.« Sie schüttelte seine Hand, nur ließ er sie im Anschluss nicht wieder los.

»Ich hätte es eigentlich ahnen können«, sagte er. »Du trugst in unserer Nacht ein Polizeikostüm.« Er lächelte breiter. »Zumindest so lange, bis ich es dir ausgezogen habe.«

Sie entzog ihm die Hand. Das ging in eine Richtung, die ihr gar nicht gefiel.

Sein Blick glitt an ihr hinab. »Und nun bist du Kriminalhauptkommissarin. Sieh an, sieh an.«

Maike bemühte sich weiterhin um Höflichkeit und lächelte angestrengt. Gut möglich, dass sie im Strafprozess weiter mit ihm zu tun hatte, da wollte sie sich jeglichen Stress mit ihm ersparen. »Und wie läuft es bei dir so? Was machen Frau und Kinder?«

Er legte einen verwegenen Blick auf. »Sind nicht vorhanden.«

»Oh, das tut mir leid. Ich bin inzwischen in zweiter Ehe, hab vier Kinder.« Sie schlug ihm freundschaftlich auf die Schulter. »Sorry, ich muss jetzt los. Der Kleine muss noch gestillt werden.«

Mit diesen Worten wandte sie sich ab und lief zu ihrem Auto. Christoph waren regelrecht die Gesichtszüge entglitten. Sie stieg ein und fuhr, ohne ihm noch einmal einen Blick zuzuwerfen, vom Parkplatz. Ansonsten hätte sie ihr Lachen nicht länger unterdrücken können.

Sie nutzte die Autofahrt, um ihre Gedanken zu sortieren. Wohin sollte sie jetzt fahren? Es waren Fragen offengeblieben und gerade hatte sie auch noch von der Spurensicherung erfahren, dass in Dirk Tauschers Auto, genau genommen im Kofferraum, DNA von Johannes Roth gefunden wurde. Aber genau diese Erkenntnis half ihr nicht weiter, weil sie das Puzzle wieder auseinandersprengte. Tauscher hatte zweifellos mit Johannes Roths Tod zu tun und ihn im Kofferraum transportiert. Aber warum hatte man dann Roths Mercedes GLS in der Nähe seines Leichenfundortes entdeckt? Das machte absolut keinen Sinn.

Ihr Blick fiel auf ihr Smartphone, das in der Armaturenhalterung steckte. Und bevor ihr richtig klar war, was sie tat, wählte sie Martins Nummer.

»Jetzt kann der Tag ja nur noch gut werden«, meldete er sich nach zweimaligem Klingeln.

»Hi.«

»Hi.«

»Wie ist das Wetter in Berlin?«

»Ah, ich verstehe, du wolltest einfach mal wieder meine Stimme hören.« Sie konnte sein fröhliches Gesicht im Geiste vor sich sehen.

»Mal angenommen, du hast einen Mörder gefasst und trotzdem sagt dir dein Bauchgefühl, dass du etwas übersiehst – dass du den Fall noch nicht abschließen kannst ...« Sie atmete tief durch. »Was tust du dann?«

Seine Antwort kam verzögert. »Ich spreche in Gedanken mit seinem Opfer.«

Maike hob die Augenbrauen. »Äh, okay, alles klar.«

Martin lachte. »Im Ernst, was würdest du das Opfer gern fragen?«

»Zum Beispiel, was sein Auto am Fundort zu suchen hatte, wenn doch bewiesen ist, dass seine Leiche im Kofferraum des Mörders transportiert wurde«, erwiderte sie.

Endlich hatte sie die Ampel überwunden und gab wieder Gas. Sie bemerkte, dass sie unbewusst die Richtung zum rechtsmedizinischen Institut eingeschlagen hatte.

»Und nun überlege die Möglichkeiten«, sagte Martin. »Was könnte das Opfer dir antworten?«

Sie blies die Wangen auf und stieß die Luft geräuschvoll aus. »Dass er dort selbst hingefahren ist, um jemanden zu treffen, mit demjenigen dann mitgefahren ist und später an einem anderen Ort von diesem getötet wurde und im Kofferraum zurück zum Treffpunkt gebracht wurde?«

»Hm, klingt ganz schön kompliziert«, erwiderte Martin. »Denk nach. Wie könnte eine weitere Variante aussehen.«

Maike stand wieder an einer Ampel. Sie konnte Zoes Arbeitsstätte schon von Weitem sehen. Den Ort, wo Johannes Roth auf dem kalten Metall ihres Obduktionstisches gelandet war. Stranguliert und laut toxikologischem Bericht unter hohem Beruhigungsmitteleinfluss.

In Gedanken sah sie die Leiche mit dem Strangulationsmal am Hals vor sich und es traf sie wie ein Schlag.

»Jemand hat dem Mörder geholfen, damit es wie ein spontaner Raubüberfall aussah«, stieß sie aus, während es hinter ihr gleichzeitig hupte. Sie hatte übersehen, dass die Ampel inzwischen auf Grün gesprungen war.

»Ich muss jetzt auflegen. Vielen Dank für deine Hilfe.« Sie reihte sich etwas zu abrupt auf die rechte Abbiegespur ein und erntete dafür das nächste Hupen.

»Immer gern. Lass mich wissen, wie es ausgegangen ist. Oder melde dich, falls Du wieder mal einen Wetterbericht aus Berlin haben willst.«

»Mach ich.« Mit einem Lächeln, das von einem Ohr zum anderen reichte, legte sie auf und wählte umgehend Zoes Nummer. Ihr Ziel führte sie nicht mehr zu ihr, sondern so schnell wie möglich nach Niederteerbach.

»Der Abgleich ist identisch«, meldete diese sich zu Wort. »Das Kunststoffteilchen gehört zu Dirk Tauschers Aquarienschlauch.«

»Mich würde gerade viel mehr interessieren, ob du die winzigen Partikel von Roths Strangulationsmal inzwischen zuordnen kannst.«

»Ja, es handelt sich um ...«

»Lass mich raten«, fiel Maike ihr ins Wort. »Es handelt sich um Gold.«

»Richtig. Und woher weißt du das?«

»Durch die Blutergüsse an Roths Hals, die den Nachdruck von Kettengliedern bilden«, erwiderte Maike. »Ich war vorher mit den Ermittlungen noch nicht weit genug, hab die Zusammenhänge nicht erkannt. Aber jetzt ...« Sie gab mehr Gas. »Ich glaube, ich kenne die Tatwaffe. Melde mich später wieder.« Sie beendete den Anruf.

Während der Fahrt nach Niederteerbach telefonierte sie mit Jens, schilderte ihm ihre Vermutung und bat ihn, die Drogenfahndung, die sie vor gerade mal einer Stunde eingeschaltet hatte, heute noch von Roths Bauhof fernzuhalten. Anschließend meldete sie sich bei Lukas, der direkt nach der Vernehmung nach Niederteerbach zurückgefahren war, und wies ihn an, sich gleich mit ihr dort zu treffen.

Als sie schließlich beim Bauhof eintraf, bog er direkt nach ihr in die Einfahrt und parkte wie sie neben dem Tor auf den Besucherparkplätzen.

»Was ist denn los?«, fragte er, als sie gleichzeitig ausstiegen. »Ihr Anruf klang dringend.«

»Ich bin mir noch nicht hundertprozentig sicher und habe auch gerade keine Zeit für lange Erklärungen. Halten Sie bitte den Hof im Auge und wenn Ihnen etwas verdächtig vorkommt, rufen Sie mich an.«

Er runzelte die Stirn, nickte aber.

Maike rannte zum Wohnhaus und die Eingangsstufen hinauf. Die Tür stand offen, im Büro war allerdings niemand anzutreffen. Anscheinend lag der Baubetrieb bereits brach. Die Nachricht von Johannes Roths Tod hatte sich sicherlich schon herumgesprochen.

Im Obergeschoss hörte sie hektische Schritte. Sie lief die Treppe hoch und bemerkte zwei Koffer, die vor der ebenfalls offenen Wohnungstür standen. Frau Roth wollte also verreisen.

Ohne zu klopfen, trat Maike ein und ging zielgerichtet auf die Glasvitrine zu, in der die Witwe ihre Designertaschen hortete. Ein Exemplar war Maike bei ihren letzten Besuchen besonders ins Auge gefallen, da Frau Roth gleich drei davon in unterschiedlichen Farben besaß. Gelb, blau und rot. Strukturiertes Leder, das Designerlogo als übergroßer Klappverschluss – und nicht zu vergessen –, der vergoldete Kettenriemen als Tragemöglichkeit.

Maike zückte ihr Smartphone, fotografierte die drei Taschen, und schickte die Fotos umgehend an Zoe.

»Was machen Sie da?« Katja Roth war unbemerkt in den Flur gekommen. Sie wirkte völlig versteinert und murmelte: »Die Taschen.«

»Sie wollen verreisen?« Maike setzte ein Pokerface auf, verschränkte die Arme vor der Brust und verstellte sehr offensichtlich den Ausgang.

Katja Roth räusperte sich und setzte eine verletzliche Miene auf. »Der Verlust meines Mannes belastet mich. Ich halte es in der Wohnung gerade nicht aus. Zu viele Erinnerungen, verstehen Sie?«

Maike nickte. »Ziehen Sie vorübergehend zu einer Freundin? Da bräuchte ich die Adresse, unter der ich Sie weiterhin erreichen kann.«

»Das möchte ich nicht«, erwiderte Frau Roth. »Gönnen Sie mir in meiner Trauer bitte etwas Privatsphäre.«

»Ich kann mir die Adresse auch einfach von den Gepäcktickets an ihren Koffern abschreiben«, sagte Maike und deutete Richtung Tür. »Ihre Freundin wohnt weit weg, wenn Sie zu ihr fliegen müssen.«

Spätestens jetzt ahnte Katja Roth vermutlich, dass sie Bescheid wusste. Zumindest bildete sich zwischen ihren Augenbrauen eine tiefe Falte, von der Maike nicht sagen konnte, ob sie Wut oder Frustration bedeutete. Wahrscheinlich eine Mischung aus beidem.

»Dass Sie ihrem Mann erst ein Beruhigungsmittel verabreicht haben, bevor Sie ihn erdrosselten, lässt darauf schließen, dass Sie wenigstens noch ein bisschen Mitgefühl für ihn übrig hatten«, sagte Maike nun ohne Umschweife.

Katja Roth stützte sich auf eine Stuhllehne und legte sich eine Hand auf die Brust. Kurz schloss sie die Augen. »Ich wollte meinen Mann nicht umbringen. Das Beruhigungsmittel habe ich ihm nur verabreicht, damit er sich in Ruhe die Vorschläge eines Geschäftspartners anhört. Er war ja völlig durch den Wind.« Sie atmete tief durch. »Er war so stur.«

Maike hatte eigentlich damit gerechnet, dass sie es abstritt und Dirk Taucher beschuldigte. Bisher hatte sie angenommen, er hätte Roth umgebracht und sie hätte ihm nur bei der Vertuschung geholfen. Allein dafür war ihr das Motiv noch völlig unklar gewesen und wie sich nun herausstellte, hatte Katja Roth den Mord sogar selbst begangen. Aber warum?

»Haben Sie ein Verhältnis mit Dirk Tauscher?«, mutmaßte sie.

Frau Roths Augenbrauen schossen nach oben. »Auf keinen Fall, nein.«

»Weshalb wollten Sie ihren Mann dann loswerden?«

»Ich habe Ihnen schon gesagt, dass das nicht meine Absicht war«, empörte sie sich. »Ich wollte ihn nur ruhigstellen.«

»Wieso?« Maike machte einen Schritt auf sie zu. »Und hören wir auf, drumherum zu reden. Ich weiß, dass ihr Bauhof für Dirk Tauscher als Drogenlagerplatz dient. Sie haben keine Chance, Frau Roth. Die Tatwaffe steht in der Vitrine, in Ihrer Vitrine. Alles spricht gegen Sie.«

Katja Roths Haltung änderte sich. Sie ließ die Stuhllehne los und hob das Kinn. »Mein Mann war ein Dummkopf. Wollte unseren guten Lebensstandard aufgeben, weil ihn plötzlich das Gewissen packte, nachdem es der Firma wieder gut ging.«

Maike verengte die Augen. »Und sie wollten das nicht aufgeben?«

»Warum auch? Wir hätten nichts weiter tun müssen, als weiterhin wegzusehen. Durch Dirk konnten wir die Insolvenz abwenden und sind sogar reich geworden.«

»Sie hatten vor, ihren Mann an Dirk Tauscher auszuliefern, weil sie mitbekommen haben, dass er ein Geständnis ablegen wollte und mir nach Lars Jansens Tod von den Drogengeschäften erzählen wollte. Tauscher sollte sich um ihn kümmern, egal wie. Hauptsache ihr geschäftliches Verhältnis konnte weitergehen und ihren Wohlstand auch zukünftig sichern. Hab ich recht?«

Frau Roth spitzte die Lippen und warf sich ihr brünettes langes Haar über die Schulter. »Johannes kam zu sich, bevor Dirk hier eintraf. Er hat mir Vorwürfe gemacht, dass ich ihm etwas ins Glas gegeben habe und wollte auf mich losgehen. Wäre er nicht so benommen gewesen ...« Sie stockte.

»Und da haben Sie Panik bekommen und ihn von hinten mit dem Trageriemen einer ihrer Designertaschen erdrosselt«, brachte es Maike auf den Punkt.

Katja Roth kam langsam näher. Ihr aufrechter Gang und ihr Blick trieften vor Arroganz. »Ich lasse mir dieses Leben nicht mehr nehmen – von niemandem«, schrie sie.

Bevor Maike den Angriff realisierte, erfasste Katja Roth eine auf dem Sideboard neben ihnen stehende Vase aus Porzellan und schlug sie ihr mit voller Wucht gegen den Kopf.

Der harte Schlag zwang Maike in die Knie. Bohrend und stechend drang der Schmerz bis in ihre Hirnwindungen vor. Sie sah schwarz, stützte sich mit beiden Händen auf dem Boden ab, um nicht komplett das Gleichgewicht zu verlieren. Die Scherben schnitten in ihre Finger, ohne dass sie sagen konnte, ob die Vase an ihrem Schädel oder den Fliesen zerbrochen war.

Es vergingen Sekunden – oder waren es Minuten –, bis sie ihr Umfeld wieder richtig wahrnahm. Sie rappelte sich auf, blinzelte, sah nach wie vor verschwommen. Wo war Katja Roth?

Während sie zur Tür taumelte, zog sie ihr Smartphone aus der Hosentasche und ließ über den Sprachassistenten Lukas' Nummer wählen. Die Treppe hinab hielt sie sich krampfhaft am Geländer fest. Dieses verdammte Schwindelgefühl.

»Ja?«, meldete sich Lukas.

»Haben Sie Frau Roth gesehen?«, fragte sie noch halb benommen.

»Die fährt gerade los«, erwiderte er, als sie endlich die Haustür erreichte und es selbst sah.

»Halten Sie sie auf«, rief Maike. »Sie hat ihren Mann ermordet. Festnahme!«

Lukas reagierte schneller, als Maike erwartet hatte. Er sprang in seinen Wagen, schaltete in den Rückwärtsgang und rammte Katja Roths weißen SUV, als sie gerade die Ausfahrt durch das Tor nehmen wollte. Ihr Fluchtweg war versperrt. Bevor Maike auch nur in ihre Nähe kam, zerrte er die Frau aus ihrem Wagen, drängte sie mit dem Gesicht voran gegen das Auto und legte ihr hinter dem Rücken die Handschellen an. Dann rasselte er sämtliche Paragraphen herunter, um ihr mitzuteilen, dass sie festgenommen war. Doch ausnahmsweise war Maike dieses Mal nicht davon genervt. Im Gegenteil: Als sie neben Lukas stehen

blieb, klopfte sie ihm anerkennend auf die Schulter.

18. Kapitel

Maike klappte den letzten leeren Karton zusammen und schaute sich in ihrer Wohnung um. Sie hatte sich lange davor gescheut, all ihre Sachen auszupacken und somit zu besiegeln, dass sie hier in Niederteerbach feststeckte. Doch inzwischen war ihr das kleine Dorf mit seinen seltsamen und schrillen Einwohnern ein wenig ans Herz gewachsen. Vor drei Monaten wäre ihr jeder, der ihr gesagt hätte, dass sie sich hier einmal wohlfühlen würde, verrückt vorgekommen. Aber genau das tat sie jetzt. Irgendwie war sie hier angekommen, und Lukas und Gabi trugen daran zu einem großen Teil bei.

Crockett und Tubbs lagen aneinandergekuschelt auf der Couch. Sie streichelte beide hinter den Ohren, füllte dann in der Küche die Fressnäpfe auf und kontrollierte, ob das Katzenklo frisch war. Sie würde ihre Katzen erst morgen, im neuen Jahr, wiedersehen. Zoe hatte sich erbarmt und mit Mark die Organisation der Silvesterfeier übernommen, zu der sie aufbrechen würde, sobald die Abschlussberichte über Lars Jansens und Johannes Roths Mordfälle abgetippt waren.

Gegen Mittag verließ sie ihre Wohnung und schleifte den vertrockneten Weihnachtsbaum die Treppe hinab. Er trug keine einzige Nadel mehr, doch der Stamm war voller Harz.

»Das bekomme ich dann nicht mehr von den Fingern«, bemitleidete sie sich gerade selbst, als Philipp im Erdgeschoss aus seiner Wohnungstür trat, sich mehrfach den langen Schal um den Hals wickelte und ihr dann auf den Stufen ein Stück entgegenkam.

»Kann ich dir helfen?«, fragte er, obwohl er seinen Gitarrenkoffer trug.

»Geht schon, danke.«

Er schnappte sich aber trotzdem das Baumgerippe und trug es für sie die Treppe hinab.

Sie seufzte. »Kannst du bitte damit aufhören, immer so nett zu mir zu sein?«

Draußen angekommen legte Philipp den Baum neben die Mülltonne. »Ich bin nun mal ein netter Mensch«, sagte er schmunzelnd. »Grundsätzlich, weißt du? Und das hat überhaupt nichts damit zu tun, dass wir beide im Bett gelandet sind und ich vielleicht möchte, dass wir das mal wieder tun.

Also entspann dich, okay.« Er strich sich durch seine rot-blonden Locken und seufzte.

Maike lächelte. »Also gut, okay.« Sie reichte ihm die Hand. »Na dann, auf gute Nachbarschaft.«

»Du machst mir die Abstinenz nicht gerade leicht«, sagte er, als ihre Finger durch den Harz aneinander festklebten.

Sie lachten beide und lösten sich vorsichtig voneinander, darauf bedacht, nichts von ihrer Haut einzubüßen.

»Wir werden übrigens beobachtet«, ließ Philip sie wissen, sah zum Obergeschoss hinauf und winkte Dieter Landgraf zu.

»Kommen Sie gut ins neue Jahr«, rief Maike, aber da war ihr Vermieter schon wieder hinter seiner Gardine verschwunden.

»Du auch«, sagte Philipp und ging rückwärts los. »Wir können ja im neuen Jahr mal einen nachbarschaftlichen Kaffee zusammen trinken.«

Sie lächelte und nickte. Dann wandte sie sich ab und lief über den Marktplatz Richtung Rathaus. Die Sonne schien vom leicht bewölkten Himmel und brachte die feuchten Pflastersteine zum Glänzen. Es war deutlich wärmer als in den letzten Tagen.

»Guten Morgen, Maike«, grüßte Harry sie aus seiner Fressoase. Die Tachmoiner standen vor seiner Bude und winkten ihr zu.

»Bis nächstes Jahr«, rief sie im Vorbeigehen und winkte ebenfalls.

Im Rathaus herrschte heute gähnende Leere. Die Ämter hatten geschlossen, kein Mensch war auf den Gängen zu sehen. Im Polizeirevier war sie aber nicht allein. Sie hörte Horst schon vor dem Betreten der Räume singen.

»Und wieder ist ein Jahr vorbei, vooorbei, voooooorbei«, sang er gerade lallend, als sie Lukas' und Gabis Büro betrat. Die Tür zu den Arrestzellen stand offen.

»Guten Morgen«, grüßte sie in die Runde und begutachtete die Girlanden und Luftballons, mit denen Gabi im ganzen Büro die Wände und Möbel geschmückt hatte. Sie hoffte, dass ihr kleines Zimmer verschont geblieben war, sah allerdings bereits bei einem kurzen Blick hinüber einen Ballon in der Tür schweben.

Gabi nahm ihr die Jacke ab und deutete mit dem Kinn zu ihrem Schreibtisch, den sie mit Tellern voller Schnittchen und Kuchen in ein Büfett verwandelt hatte. »Ich hab eine kleine Jahresabschlussfeier für uns vorbereitet«, sagte sie und strahlte übers ganze Gesicht.

»Das ist sehr nett. Aber wer soll das alles essen?«, fragte Maike.

»Frau Graefe kommt dann gleich für ein Pressefoto mit Ingo Brandt vorbei«, informierte Lukas

sie und sah kurz von seinem Computerbildschirm
auf.

»Juhu.« Maike hielt den Daumen nach oben und
setzte ein verkrampftes Lächeln auf.

»Höre ich da unsere Kriminalhauptkommissarin?«, grölte Horst nebenan und begann wieder zu
singen. »Maikelein? Das Jahr wird bald vorbei
sein. Vooorbei, voooooorbei.«

Sie ging zur Tür und sah in den Arrestzellen-
raum. »Hallo, Horst.«

Er saß nicht auf der Bank, sondern auf dem Boden und lehnte mit dem Rücken an den Gitterstä-
ben.

»Maikelein.« Mühsam raffte er sich auf. »Ihr
könntet mal ein bisschen Musik auflegen, damit
wir in Silvesterstimmung kommen.«

Sie ging zu ihm. »Wir müssen noch arbeiten,
Horst.«

Er streckte durch die Gitterstäbe die Hand nach
ihr aus. »Ach was, schwingen wir lieber das Tanz-
bein«, lallte er.

Sie öffnete die Gittertür und bedeutete ihm mit
einer ausschweifenden Armbewegung den Weg in
die Freiheit. »Geh nach Hause, Horst. Im Fernsehen läuft bestimmt eine Schlagersendung, zu der
du im Sessel hin und her schunkeln kannst.«

Horst kam heraus und stützte sich auf ihre
Schulter. »Aber vorher stoße ich mit euch an.« Er
senkte den Kopf und schnüffelte an ihr. »Heute

riechst du wieder besser.« Mit einem breiten Grinsen rückte er seine Fliege zurecht und ging leicht schwankend vor ihr ins Büro. »Ich sag es euch, bevor es ein anderer tut. Die Maike riecht heut wieder gut«, sang er und bediente sich wie selbstverständlich an Gabis Büfett, was diese nur mit einem leichten Kopfschütteln kommentierte.

»Ein Herr Kipping von der Drogenfahndung hat vorhin angerufen«, informierte Lukas Maike.

Sie ging zum Waschbecken und versuchte, den klebrigen Harz von den Fingern zu waschen. »Was wollte er?«

»Auf Roths Bauhof haben sie in der Lagerhalle unter einem Regal eine Luke entdeckt«, berichtete Lukas weiter. »Dort fanden sich neben einer großen Menge Kokain auch haufenweise Bargeld.«

»Wie geht es jetzt eigentlich für Katja Roth weiter?«, fragte Gabi.

»Sie sitzt wegen des Mordes an ihrem Mann in Untersuchungshaft«, erwiderte Maike und trocknete sich die Hände mit Küchenpapier, das an immer noch klebrigen Hautstellen anhaftete. »Dazu kommt der Drogenhandel. Frau Roth wird eine sehr lange Zeit hinter Gittern verbringen.« Sie seufzte. »Hier gibt es nicht zufällig Aceton im Haus, oder? Mein Weihnachtsbaum hängt noch an mir.«

»Versuchen Sie es damit«, entgegnete Gabi, nahm ein kleines Fläschchen aus ihrer Schreibtischschublade und reichte ihr den Nagellackentferner.

»Dirk Tauscher kommt wahrscheinlich nie mehr aus dem Gefängnis raus«, sagte Lukas, stand auf und stibitzte sich von Gabis Schreibtisch ein Stück Kuchen. »Mmh, das ist so lecker«, schwärmte er mit vollem Mund.

Maike konnte den Geruch des Nagellackentferners nicht leiden, gab nach dem ersten Finger auf, und wusch sich abermals die Hände. Dann trat sie ebenfalls zu Gabis Büfett und entschied sich für ein mit Fleischsalat belegtes Schnittchen.

»Knut Bäumler wurde aufgrund seiner Kooperation Haftermäßigung zugesagt.« Sie biss hinein. »Aber zwei Jahre werden es sicherlich trotzdem«, sagte sie kauend.

Gabi goss Sekt in Gläser. »Lasst uns auf den Ermittlungserfolg anstoßen. Ich finde außerdem, dass neue Jahr ist ein guter Anlass: Sollen wir uns nicht endlich alle duzen?«

»Aber immer gern«, lallte Horst und griff sich das erste volle Glas. »Also ich bin der Horst«, sagte er, obwohl er sowieso schon seit jeher alle duzte.

»Für dich nur ein halbes«, maßregelte Gabi ihn und tauschte sein Glas mit einem fast leeren.

»Kein Alkohol während der Arbeitszeit«, belehrte Lukas gleichzeitig und hatte schon den ersten Paragraphen parat.

Maike nahm von Gabi ein Glas entgegen und prostete Lukas zu. »Ich trinke auf dich und deine hollywoodreife Festnahme.«

Er errötete und lächelte. »Na gut, vielleicht einen kleinen Schluck.«

»Wie geht es deinem Kopf?«, fragte Gabi an Maike gewandt.

»Nur noch ein wenig Kopfschmerzen. Einen Dickschädel wie mich kann eine Porzellanvase nicht so leicht knacken.«

Sie lachten und stießen ihre Gläser gegeneinander.

»Hey, ist das etwa …?«, sagte Horst und nahm eine bunte Tüte von Gabis Tisch. »Bleigießen. Das hab ich schon ewig nicht mehr gemacht.«

»Blei ist giftig und deshalb seit 2018 verboten«, warf Lukas ein.

Gabi seufzte. »Nicht Bleigießen – Wachsgießen.« Sie sah Horst an. »Na komm, du darfst dir deine Zukunft gießen und dann bringe ich dich nach Hause.« Sie klopfte ihm sanft auf den Rücken.

Während sie eine Kerze anzündete, ein Wachsstück auf einen kleinen Löffel gab und diesen Horst reichte, rasselte Lukas auch schon wieder die Paragraphen der Brandschutzordnung herunter.

Gabi ignorierte ihn, schob die Teller auf ihrem Tisch enger zusammen, und breitete auf dem frei gewordenen Platz eine alte Zeitung aus. Dann ging sie zur Küchenzeile und füllte eine Schüssel mit kaltem Wasser, bevor sie diese auf dem Zeitungspapier abstellte.

Maike half Horst dabei, den Löffel beständig über die Kerzenflamme zu halten, da seine Hand immer wieder abdriftete. »Und jetzt ins Wasser gießen«, sagte sie und er drehte den Löffel über der Schüssel um.

»Mal schauen, was wir hier haben.« Gabi nahm das Wachsgebilde aus dem Wasser und betrachtete es.

Lukas schaute ihr über die Schulter. »Sieht aus wie eine Vase.«

»Nee, das ist 'ne Flasche«, sagte Horst.

Gabi strich mit der Fingerspitze über die Auflistung der möglichen Symbole. »Eine Vase bedeutet Liebe.«

Horst lachte auf. »Um Himmels willen, mit Frauen bin ich durch.« Er lehnte sich ihr entgegen. »Was steht denn bei der Flasche?«

»Fröhliche Zeiten«, las sie vor.

Er hob sein Sektglas in die Höhe. »Ich sag doch, es ist eine Flasche.«

Gabi reichte Lukas eine Wachsfigur und den Löffel, als im selben Moment Sabine Graefe und Ingo Brandt ohne zu klopfen eintraten.

»Was ist denn hier los?«, fragte die Bürgermeisterin und hob eine Augenbraue.

»Wir ... Also«, stotterte Lukas.

Maike sah seiner Miene an, dass er sich wegen der missachteten Brandschutzbestimmung sorgte.

»Eine alte Tradition«, sagte sie, lächelte Frau Graefe an, nahm Lukas den Löffel aus der Hand und reichte ihn der Bürgermeisterin. »Wollen Sie wissen, was Ihnen das Wachs für die Zukunft voraussagt?«

Frau Graefe strich sich den akkuraten Bob glatt, räusperte sich und nahm die Herausforderung an.

»Ist das ein Elefant?«, fragte sie, nachdem sie das Ergebnis zwischen den Fingern hielt.

Maike konnte in dem undefinierbaren Gebilde rein gar nichts erkennen.

»Der Elefant steht für: Du bist der Größte«, ließ Gabi Frau Graefe wissen.

»Oh.« Die Bürgermeisterin lächelte und wandte sich an Ingo Brandt.

»Jetzt sind Sie dran.«

Der Dorfjournalist strich die Falten aus seinem braunen Cord-Anzug, nickte und trat näher. Er goss einen Klumpen, den er sich als Frosch suggerierte und der einen möglichen Lottogewinn versprach.

Lukas wurde mit seiner gegossenen Wachs-Brille Weisheit und hohes Alter vorbestimmt, Gabi mit einem Anker eine bevorstehende Reise.

Maike war als Letzte an der Reihe, nahm ihr erkaltetes Wachs aus der Wasserschüssel und betrachtete es auf ihrer Handinnenfläche.

»Gehst du unter die Raucher?«, fragte Lukas. »Das ist eindeutig eine Pfeife.«

»Achtung Gefahr«, las Gabi. Sie blickte Maike an. »Nein, das ist keine Pfeife, das ist ...« Wieder sahen alle auf das Wachsstück in ihrer Hand.

»Vielleicht eine Nadel?«, warf Horst ein.

Gabi sah auf die Liste. »Das bedeutet »Vorsicht«. Nein, nein, ich denke, es ist ...«

»Eine Axt?«, fragte Lukas und runzelte die Stirn.

Gabi schüttelte mit Blick auf die Liste den Kopf und vermied es, auch diese Bedeutung vorzulesen. »Äh, Frau Graefe, Sie wollten doch noch ein Foto für das Niederteerbacher Schmier... äh ...Tagesblatt haben«, wechselte sie das Thema.

»Stellen Sie sich bitte alle nebeneinander auf«, wies Ingo Brandt sie an und strich durch sein fettiges Haar. »Am besten um den Tisch mit dem Büfett.«

Gabi rückte das Essen wieder ordentlich in Position und zwängte sich dann für das Foto in Lukas' und Maikes Mitte. Frau Graefe stellte sich neben Maike und setzte ein professionelles Lächeln auf. Im letzten Moment, als der Dorfjournalist auf den

Auslöser drückte, mogelte sich Horst mit aufs Bild, streckte hinter dem Kopf der Bürgermeisterin zwei Finger in die Höhe, und verpasste ihr zwei Hasenohren.

Epilog

»Wenn Maike in fünf Minuten nicht da ist, essen wir ohne sie«, sagte Mark und warf einen genervten Blick in den Ofen. »Ich kann den Fisch nicht ewig warm halten.«

Zoe sah auf ihr Smartphone. Maike hatte vor über einer Stunde geschrieben, dass sie sich verspäten würde. Wenn sie nicht bald hier auftauchte, war die schlechte Stimmung für den Rest des Abends vorprogrammiert.

»Sie ist unterwegs«, beschwichtigte sie Mark, ohne das hundertprozentig zu wissen. Doch kurz darauf begann Nele zu bellen und lief zur Tür, bevor es klingelte.

»Sorry, durch Gabis ganzes Prozedere konnte ich die Abschlussberichte erst später als gedacht fertigschreiben«, entschuldigte sich Maike, nachdem Zoe ihr geöffnet und sie umarmt hatte. Sie begutachtete Zoes figurbetonendes schwarzes Kleid und pfiff anerkennend. Dann sah sie an sich hinab. »Noch mal sorry. Hätte ich mich umgezogen, wäre ich noch später gekommen. Ihr müsst also in Jeans und Pullover mit mir vorliebnehmen.«

Mark kam zu ihnen, beließ es Zoe zuliebe bei einem vorwurfsvollen Blick und nahm seiner Schwester die Jacke ab.

»Maike, Schatz, du hättest dich ruhig auch mal ein bisschen schickmachen können«, begrüßte Jutta sie im Wohnzimmer.

Die Zwillinge saßen neben ihr auf der Couch, sprangen auf und rannten auf Maike zu, die sie mit ausgebreiteten Armen empfing. »Na, ihr kleinen Quälgeister.« Sie beugte sich zu Leonie und Laura hinab und küsste die beiden auf den Scheitel.

»Jetzt aber los«, sagte Mark. »Das Essen wartet.« Er ging voraus in die Küche.

»Ist Sarah gar nicht da?«, fragte Maike und sah sich nach ihr um.

»Die ist in ihrem Zimmer«, antwortete Jutta. »Mit ihrem Freund.«

Maike hob die Augenbrauen. »Oho, der geheimnisvolle Noah ist da.«

»Halte dich bitte zurück«, bat Zoe sie und half Mark dabei, das Essen auf die Teller zu verteilen. »Wenn er hier ist, verhält Sarah sich wie ein zahmes Reh.«

»Darf ich ihn wenigstens fragen, ob ihm mein nachtblauer Spitzen-BH gefällt?«, hakte Maike nach.

Zoe ließ beinahe den Löffel fallen. »Ich denke, du kennst meine Antwort.«

Maike schmunzelte. Sie schob die Stühle der Zwillinge auseinander und ihren, auf den sie sich anschließend setzte, dazwischen. »Nur eine vorbeugende Maßnahme«, kommentierte sie. Ihr Schmunzeln steigerte sich zu einem übertriebenen Lächeln. »Tolle neue Disney-Gläser habt ihr bekommen«, sagte sie zu Leonie und Laura.

»Das sind alles Prinzessinnen«, erwiderte Leonie, und Laura zählte jede der einzelnen Figuren auf.

»Hey, Tantchen.« Sarah kam in die Küche und zog einen jungen Mann mit schulterlangen braunen Haaren an der Hand hinter sich her. »Das ist mein Freund, Noah.«

Zoe stellte gerade die Schüssel mit den Kartoffeln auf den Tisch und warf Maike nochmals einen flehenden Blick zu.

»Guten Abend«, grüßte sie ganz förmlich und nickte Noah zu. »Ich bin Maike.«

Er war sichtlich verlegen, erwiderte das Nicken und setzte sich neben Sarah, Maike gegenüber.

»Damit kennst du nun die komplette Familie«, sagte Zoe an ihn gewandt und lächelte.

»Ich hab Noah schon erzählt, dass du meine Lieblingstante bist«, berichtete Sarah.

Maike hob eine Augenbraue. »Und die einzige wohlgemerkt. Ja, ja. Sarah und ich verstehen uns bestens. Wir haben viele Gemeinsamkeiten. Unter anderem denselben Kleidungsstil.«

Zoe riss die Augen auf, ihre Tochter hielt die Luft an.

Doch Maike grinste nur breit und wandte sich dann an ihre Mutter. »Und bei dir so? Wie war dein Chorauftritt im Rathaus?«, erkundigte sie sich.

Ab diesem Moment verlief das Essen ohne Vorkommnisse und in gelöster Stimmung. Jutta berichtete von einem Rathausmitarbeiter, der sie nach dem Auftritt angesprochen hatte und sie kommende Woche ins Theater ausführen wollte. Sie war deshalb völlig aus dem Häuschen. Mark hatte ein Arrangement mit der Chefredakteurin einer weiteren Zeitschrift getroffen, für die er zukünftig ebenfalls unter dem Pseudonym Britta Sommer Kolumnen verfassen sollte. Und Sarah und Noah stellten Überlegungen an, sich für das nächste Schuljahr einem Schüleraustauschprogramm anzuschließen, wobei Zoe noch nicht sagen konnte, was sie davon hielt. Auch Marks Blick sprach Bände.

Nach dem Essen halfen alle beim Tischabräumen und schließlich machten es sich alle im Wohnzimmer gemütlich, wo Jutta und die Zwillinge zu lauter Musik tanzten. Sarah und Noah schmusten auf der Couch und Maike, Mark und Zoe schwelgten in Erinnerungen an alte Zeiten.

Pünktlich um Mitternacht gingen sie mit Sektgläsern auf die Terrasse, um das Feuerwerk am Nachthimmel zu bestaunen. Leonie und Laura stießen mit Saftgläsern an. Die Zwillinge gähnten inzwischen immerzu.

»Ich bring die beiden ins Bett«, sagte Mark, als das Feuerwerk abebbte. Zoe küsste die Mädchen, dann trug er sie auf den Armen davon.

»Im Fernsehen läuft bestimmt noch eine bunte Sendung«, rief Jutta und ging wieder ins Haus. Sie war an diesem Abend von allen die Vitalste.

»Wir gehen auch nach oben«, sagte Sarah, lächelte verschämt und trottete mit Noah davon, der noch schnell eine gute Nacht wünschte.

»Ach, er schläft hier?«, fragte Maike, sobald sie außer Sichtweite waren.

Zoe zuckte mit den Schultern. »Was soll ich machen? Sie ist aufgeklärt und mir ist lieber, sie hängt hier ab und ich weiß mit wem, als heimlich irgendwo anders.«

Maike verzog den Mund. »Deine Coolness hätte ich gerne.«

»Sagt die, die einen Mörder nach dem anderen zur Strecke bringt«, erwiderte Zoe. »Wie willst du das im neuen Jahr toppen?«

»Laut Gabis Wachsgießerei wird das nicht mein Jahr.« Maike hob die freie Hand und wedelte damit melodramatisch durch die Luft. »Mir droht Gefahr«, sagte sie mit gespielt bedrohlicher Stimme. »Vorsicht ist geboten. Und über die Bedeutung der Axt wollen wir gar nicht erst reden.« Sie stieß ihr Sektglas gegen Zoes und lachte. »Lass uns auf deinem Dachboden noch ein Kölsch trinken.«

Ende